자작나무 숲길

자작나무 숲길

안도섭 시집

차례

제 1 부

제2부

제3부

제 4 부

제 5 부

제 6 부

제 7 부

제8부

제 1 부

소라

흰 모래톱
소라고등 뒹굴면

쫑긋 귀 세우고
먼 데 바닷소리

원시의 노래인 듯
거먼 물길 달려오면

먼 수평선
불그레한 샛별이 단잠 깨운다

석류

뚝! 뒤뜰에
아람 떨어지는 소리

석류는
빠개 젖힌 가슴
홍옥의 알갱이 햇살 부실 때

가랑잎 날리는 마른 가지
산까치 지저대고

가난한 찻잔에 스미는 다향茶香

야윈 산들 둘러서면
귀뚜라미 쓰르르
별밤 울어 예는

가을은

석류의 계절

기러기

하늘 가르는
기러기 한 무리

어느 국경 넘어오는지
임진강 물굽이 휘돌아
시화호 내렸다 우포늪 맴돌다

다시 섬진강 건너
지리산 천왕봉 넘나드는
새   새
    새

V자 그리며 삼삼오오
산 넘고 강 건너
얼음길 달리는 한강
그 언 강 풀리면 못내 아쉬운 듯

겨겨겨
시름겨워 울고 가는 기러기 발자욱

땅끝 마을 떠나
바이칼 호나 다뉴브 강가
너울너울 깃을 치는 하늘길 구만리

이 강산 새봄이 오면
강남 갔던 청제비
격랑의 해협을 날아들 제

늬들은 소식도 없이 가고……

때죽나무 곁에서

때죽나무 곁에 서니
아버지의 카랑한 기침 소리
들리는 듯

샘등 휘돌면
상수리나무, 너도밤나무, 시누대 서껀
때죽나무는 날 반겼지

늦봄에 흰 꽃 달고
가을이면 눈에 선한 햇과

홍시 달린 감나무 가지엔
산까치 울어대고
대삵 흔들어 깨우던 까투리

뒷동산 오르면
그 아래 한길,

의병 달려간 그 길에는
해방이 오고, 여순병란 지나가고,
피멍 든 낮과 밤 지새워 갔지

활성* 넘어
안개구름 휘몰리던
어릴 적 추억 선한데

동산에 아람 줍던 날의
한 그루 때죽나무,
어머니의 베틀노래에 감기어 온다

---

* 생가에서 마주 보이는 옛 산성.

자작나무 숲길

눈 내리면
너와 나
아무도 가지 않는 눈길을 간다

자작나무 숲에 들면
흰 몸 드러낸 나무들은
머리 끝 아스라이
하늘 높은 줄 모르고 빼곡히 서 있다

신기한 눈 나라
어릴 적 동화책에서 본 누리
이다지 끼끗한 것이냐

너와 나 아무 말 없어도
눈과 눈 마주하고
눈 내리는 하늘과도 소통을 하지

이 설원에 빛은 내리지 않으나
눈 내리는 처녀지는
번뇌마저 가신 원시림

빛과 밝음을 절로 내며
자작나무 숲은 실가지 얽히어
친구야, 벗이야
우정과 사랑을 눈꽃으로 피운다

대지의 뿌리 깊은 흙빛을 감추고
우우우 맨살 드러낸 살가운 종아리

뼈만 앙상히 솟구친 우듬지
잎들 다 날려버린 가지엔
까막까치도 우짖지 않는 외진 숲

초동일 흰 눈꽃이 좋아
이 숲길 거닐면
박하처럼 상큼한 향기 스미고

온 누리 희디흰 산야

자작나무 매끈한 살결에
진홍의 글씨 하나 새겨두고자와

아무도 밟지 않은 숫눈길,
한 발 내디딜 적마다
뽀드득, 개구리 울음소리 귀에 선하다

여든에

푸른 잉크와
흰 종이
벗하였더니

어언
여든

가파른 고개
숨차는 줄 모르고 달렸지

이 오밤
별빛 멀고 아득하여
너에게처럼 마음 앗기느니

산자락
실가지 위에
초승달이 시리다

시인의 나무

시인의 나무는
휘움한 등
내 허리 닮으려 한다

눈 속에서도
제가 저 지탱하는
새하얀 언어

시나브로
감기는 세월
나이테로 내려앉으니

어무찬 날들
갈가마귀 날아가 버린
이 빈 가지

시인의 나무는

휘굽은 등 곧추세우려는 듯

한 별 우러러
우듬지 떨고 서 있다

아버지의 회억

어느 날
협죽도 화분 하나 들고
아버지는 월곡동을 찾으셨다

근심하셨던 터라
못난 이 모습
살피어보고 싶었을까

인사 올리며
어머니 동행하시지 않고요?
말씀 드렸는데

지난 서울 나들이 때
화신 앞 앞질러 가다
문득 뒤돌아보니
날 놓칠까 달음질치시던 어머니

전후의 가난 즐비하던
월곡동 판자촌
그래도 하얀 미소 날리시며
문지방에 선 아버지
— 아야, 서울 보름달이 왜 이리 밝제!

베틀노래

어머니의 손길은
하염없는 노동의 나날

씨아로 목화씨 빼고
물레로 무명실 자아
북통 들고 날고 짜 내는 베틀노래

한가위 맞아
꽹과리 장구 치며
댕기 머리 흔들던 동네 마당놀이

뒷동산 부엉이는
새도록 먹밤을 울었지,
대숲에 까투리 소리 애닯더니

임 그리운 날
긴 실꾸리 풀어도 못다 할

허밍 한 소절

육필

토닥토닥 치는 언어보다
육필이 정겨운 것은
손끝 힘 때문인가

혼의 선율 없이
네모반듯한
그런 문자에는 살가움이 없고

느낌마저
싹독 잘려 나가
핏기 없는 수사만 남느니

비틀리고 엇나간
글씨
좀 서투러도 정겹지 아니한가

얌전한 체

무슨 체하는 글씨는
휘몰이 하는 마당굿의 재미없고

길들인 악보 두드리는
연주가의 손끝처럼
육성도 하소연도 없잖은가

소나무 데생

안개 속 소나무는
뱀 키 틀어올리 듯
제 나름의 멋을 부리며 서 있다

어떤 놈은 곧추서고
어떤 놈은 뒤틀린 심뽀인가
구부러지고 곱사둥이처럼 휘어도

한밤의 늬들은
빛이 그리워 침묵한 게지

밤의 보료에 싸인 솔가지
봄 우레에도 꿈쩍 않고
그윽한 솔향기 스며날 때

그 우듬지
부챗살 꽂는 빛살 받아

청하늘에 온몸 던지면

고운 물살이 흐르듯
구성진 노래 한 멋으로 추는가
흰 두루미의 춤사위!

수선화

흰 두루미 부르는
오백 년 묵은 소나무

그 마주한 우물가
눈 펄펄
매화꽃 방실대는데

재 너머
바닷바람 일면
마을은 뿌연 안개 서리고

산까치 날아간
마른 가지 속잎 트는
춘삼월

그 하루
햇살 부시면

갸웃이 고개 내미는
노란 수선화

시

시는 해 돋는 아침
나부끼는 풀잎에
이슬을 맺게 하는 것입니다

시는 인동덩굴처럼 기다리던 봄
흰 초롱 달고 웃는 꽃입니다

시는 어느 영마루
꽃샘 드설레는 때를 기다리고

시는 한 생애 값진 것 중
사모하는 이에게
한마음 보내는 노래입니다

시는 달밤에 나직이 속삭이며
약속의 손길일랑 잊지 아니합니다

시는 시간과 더불어 살고
시간과 더불어 죽는
그러한 생명인 것입니다

시는 흰 모래나 종이 위에 쓰는 것이 아니라
사람들의 가슴에, 돌멩이 위에
깊이 새겨 두는 영혼인 것입니다

강남 제비

강남 제비 언제 왔느뇨
지지배배……
우짖는 그 노래 귀에 익구나

제비 한 쌍
마른 잎 진흙 이겨
처마 끝에 둥지 틀고

먹이 사냥 갈 제
거미줄 휘감긴 아기 새
덫에 걸렸으니

이를 본 집주인
친친 감긴 거미줄 떼어
제 둥지 살려 보냈네

지지배배 지지배배

그 기쁨 어이할 줄 몰라
쪽빛 하늘 깝죽 날던 어미 새

꽃샘 지나면
바다 건넌 아기 새
거센 뉘누리 헤쳐 오는가

개나리 활짝 웃는 봄이란다
정든 철새
강남 갔던 제비야

시린 손

창 밖에 이잉
전깃줄 소리 내어 우니

언 바람
유리창은 성애 가득 끼고

얼음판 팽이 치며
연 날리던 그 시절

온 산야
눈사태 나면
삼동三冬은 깊어 가는데

누구의 눈짓인가
아지랑이 속
시린 손 흔드는 실버들 가지

히어리

소담스러운 노랑꽃
지리산 토종꽃아

사전에서조차 사라지더니
이 봄 홀연히
산구절초 선 자리 방긋 웃는구나

전쟁이 땅불 켤 적에
칠선폭포 이 시리게 쏟아붓던
그 상처난 이야기

꽃샘추위 가신 날에
너 보고 쏙독새가 시샘하더냐
히어리* 노란 꽃망울

---

* 지리산 토종으로 노란 꽃 피는 낙엽관목.

제 2 부

은행나무

너
부채꼴 이파리 살랑대면

암수의 정 섞지 않아도
흰 구슬 영그는가

사랑도 그리하면 좋으련만
정 따로 비껴가는 인간사

노랑잎 흩날리는
그날이사

애오라지
노래 하나
띄워나 보리

풀잎의 노래

풀잎 이슬 맺히면
해 돋는 일곱 빛 무지개

스산한 날
기폭처럼 울던 너
성난 우레 속에 가무러쳤지

그 광풍 일던 밤
별 하나 가슴에 품으면

나부끼던 풀잎 땅에 쓰러지다
이내 등을 일으켜 세우는 삶의 의지

풀잎은 땅에서 자라
대지에 뿌리 내리는
흙의 벗이어니

이 밤이 새어 오면
싱그럽게 뻗어가는 초록의 꿈
국경도 쇠울도 헤쳐가는 꿈이기에

늬는 푸른 꿈 자라는
내 사랑

무등산

하늘은 깊은 호수인데
붉은 해 이고
무등산이 솟았다, 날이 밝았다

오오라 그렇지,
무등산에
어둠 내몰던 그날
더운 피 왁자히 끓어올랐다

밤의 덤불 속에
별빛 숨기고
꿈길 모두우고
그래도 오롯한 자랑인 양하여

그 장한 오월
연이어 뻗은 무등산, 백아산, 모후산
한 줄기 푸른 산맥들

하늘은 깊은 호수인데

구름 한 점

무등산 이마 맴돌고

소리 높이 외쳤다, 새 시대를 열었다

인동덩굴

겨울이 오면
손끝 얼음 박히고
눈에 헛거미 잡히지만

길은 삼천리,
두 동강 난
얼음길 썰매 달리니

삶은 그토록
메마르고 가무러질지라도
참고 견디는 인동초

동토에는
뿌리 깊은 인동덩굴
죽은 듯 숨죽어 있다 해도

어인 소식인가

먼 데 강굽이 휘돌아
봄바람은 재 넘어 날아오리니

가시오가피

하늘이 내린 나무
가시오가피

심마니도 찾기 어려운
흡사 산삼 뿌리
연해주서 백두대간 뻗어 내리니

온 강산
생긋이 자라는
가시오가피

아롱진 꿈 서리고
힘 넘치게 하는
뿌리와 줄기의 합창

아침 이파리
햇살 받을 때

심 본 너 가시오가피

나의 언어

나의 언어는
온 누리 갖은 것에
마음의 옷 입히는 색동옷

두 손 모둘 때
누군가 속삭이며
열리는 하늘눈

그 눈길은
빛살과 같이
우는살 내달릴 때

그리움은
한밤 별을 우러르듯

마음의 빈자리,
나의 시는

푸른 물살과 같이 물살과 같이 출렁이리

마주 보는 눈

끊긴 다리 두고
등 돌린 늬들 돌아서
다순 손 내밀게나

나 본 것은 안개구름
늬 본 것은 허울 쓴 무지개

수평선 멀리
가물거리는 해오름

이 아침
나의 푸념도
늬들의 꿈도 아롱져 오리니

나도 한 발짝
너도 한 발짝
끊긴 다리 놓아 다가서렴

거친 물살 위에
오작교 다리 하나 놓고
하, 반세기도 흘러갔느니

다순 손 내밀어
미움 팽개치며 다가서렴

안개 속에서

우리는 채 길을 찾지 못해
숲 속을 서성이거나
혹은 어지러운 꿈 헤매고 있다

섬에 갇힌 이처럼
한 이웃인데도
그리운 말 한마디 건넬 수 없다

해를 지워버린 하늘
낮게 드리운 기류마저
나를 고독의 조가비 속에 몰아넣는다

안개 속 묻힌 실개천 흐르면
오랜 날 굽이치던 강물
이다지 젖줄인 양 가슴에 밀리는데

벌 쏘인 반도의 땅금

상기 푯말 박힌 쇠울이

갈 수 없는 국경처럼 머얼고 아득하다

눈 세상

새 눈 뜨는
눈꽃 세상

물소리
바람 소리만
내 안에 사는 듯

무등산 옛길이
눈에 삼삼
치마바위 갈림길 서네

담쟁이 노래

담쟁이는
이른 봄 새 움 트더니
어느 결에 담벽을 기어오른다

초여름
담녹색 꽃초롱 달고
비바람 불거나 땡볕 내리쬐도
뚝심 좋게 위로 위로만 솟구친다

보름달 아래
자줏빛 열매 달고
덩굴손 드러내는 사랑의 눈짓

여느 담벽
소리 없이 내미는 그 손은
환히 웃는 새벽 창
아련한 그 노래 이제야 듣는가

여수항

다도해 품어 안은
남녘의 나폴리

돌산대교
그 아래 장군도와
전설의 섬 오동도
붉은 순정 벙그는가 동백숲

자산공원 충무공 동상은
이 겨레 수호신인 듯
우뚝 서고

풍랑이 춤추는
백도 깎아지른 낭바위들
푸른 숨결 넘실대니

우리의 나폴리

여수는 밤이 더 아름다운
남녘의 항구

쇠별꽃 이야기

반야봉은
천년을 새어도
그 몸짓 한 번 꿈쩍 않는다

오지랖 넓은 품속
오만 가지 품어 안고
봄 우레에도 미동 않는 반야

여신 마야고 사모한
반야봉에 산안개 걷히면
하늘 보고 새 단장하는데

응달에 잔설 박힌
애절한 전설도곤
피아골의 쪽독새 쪽 쪽독……

고원의 쇠별꽃 일렁일 때

낭군 반야로 잘못 본 마야고
분에 겨워 쇠별꽃 찢어 발렸네

그 환란幻蘭의 꽃
이제금 풍란이 되어
잔돌밭 철쭉제에 하늬 춤을 춘다

병든 아틀리에

어느 날
나무는 깡말라 울고
나는 음계 없는 노래 부르고 있었다

홀로만의 실러블

얼마나 마른 피 일렁여 왔던가
잿빛 지붕 밑에
여위는 밤

술독에 빠진 화가는
비둘기 날아간 이젤 위에
초점 잃은 화필을
비장한 선으로 그리고

— 모래 먼지
— 앙상한 등 드러낸 강바닥

수없는 나의
앓음 속 객혈을 달래주는 듯

그 큰 눈으로
말똥말똥 시인 동엽은 말한다

'죽음의 심연에서도
굳게 사는 보람만이
무지개 같은 목숨이 아니냐'고

어느 애증이 움터 왔던가
내 사랑이여
미움이여

이 불모의 상실 속에
이름 모를 꽃들이 지고
연거푸 새까만 밤이 피고 있었다

그러면
조종이 울리는 도시여

서울이여

지심에서 솟는 소리
분노의 그 소리 들리는가
샘 깊은 곳

저 꿈
저 빛 내리는
별 하나의 화살이여

가랑잎

예저기
갈잎 흩어지면
나는 누런 잎 밟고 간다

아기 손 닮은 은행잎
실바람에 우수수 내린다

마른 잎 딛고
슬그미 발끝 올려
나직이 내려놓는 발길

허공을 허위대다
곤두박이는
너의 춤사위

억새 우는 길
나는 허밍 흥얼거리며 간다

소록도

암사슴 엎드린
소록도

이 섬엔
시인 한하운이
보리피리 불며 고개 넘던
전라도 길

한 번 가면
다시 못 오는 섬
뉘 발길로 찾아갔는가

파도는 밀려오고
별이 진 밤바다 밀려가는데

눈물도 마른 천형의 이승 길
손가락 마디 하나에

발가락 마디 하나에

핏빛 노을이 지고
통곡의 밤 겹쳐 오며는
귓속 아리는

파도 소리 저 파도 소리

제 3 부

하늘

새벽길 서서
문득 쳐다본 하늘

그 하늘은
천지天池 닮은
이 겨레의 얼 비친 거울

사계절 수레 도는
싱그런 나무와 스미는 솔향기

별과 눈 맞추는 옹달샘에도
꿈과 아침 열어주는
그 비취翡翠

천지天池

노랑만병초 함박 웃는
백두산 봉우리

곰이 살던 태고의
천지 눈을 뜨면
그제사 하늘이 열린다던가

아침의 나라
꼬레
샛별 지는 한길 달려가지 않으련

형제여
사할린 베체르에서 울던
피붙이 동포여

잃어버린 세월 되찾자
잃어버린 고향 되찾자

어둠 깔린 밤을 몰아
웃는 코스모스 창
무지개 수놓는 새날 안으러 가자

진실을 말하라면

허공의 새는
두 날개 파닥여
먼먼 하늘길 열고

갓 허물 벗고 나온
매미는
짧은 여름날을 울다 가지만

시인은 촛불처럼
방울방울 제 몸 사르어

노래는 비로소
푸른 물결 타고
안개 걷히는 항구 찾아들지

노래는 비로소
홰치는 수탉의 울음 울며

어둠의 긴 꼬리 잘라
먼동 트는 아침 햇살 맞이하지

진실은 화살처럼 날래지만
진실은 수정처럼 밝고 빛바래지 않는다

꽃

하늘이 지어준
이름이기에

그 꽃 심지
나비와 벌 떼 잉잉거리고
달디단 꿀 은밀히 숨겨 둔다

별은 아득한 곳에 깜박이지만
꽃은 이승의 가장 멀고도
가차운 데에

내 마음속
아침 이슬 받아 피는
이쁜 봉오리

코끝 스미는 라일락 향과
골짜기의 흰 나리

사랑이란 이름

사랑의 이름은
아지랑이처럼 가물거리고

사랑의 손길은
썰물처럼 달아나 버린다

달이 떠오르듯
신비롭고
화산처럼 속으로 넘쳐날 때

사랑의 새끼손은
장미 가시 찔린
상처 난 자국이 밉지 않고

사랑의 눈물은
풀잎 이슬
그 일곱 빛 무지개로 아롱짓는다

호수

1

호수는
바람과 햇살이
모여 사는 하늘 거울

호수는
아무것도 탐하는 것 없으니

오늘은
너처럼 가득하고 고요해지는
내 마음

2

물안개 피는
호수의 속살은 곱다

웬일인지
그는 내 발길 이끌으니

낮과 밤
푸르고 검은 옷 갈아입지만

아기 해 첫인사에
안개 벗고 맨살 드러낸다

새벽 창

유리에
반짝이는 화살
휘황한 샛별이 질 때

바닷속
고개 내미는
신비한 아기 해

굽이마다 나울대는
폭포, 그 은구슬
낭랑한 울음으로 노래한다오

애오라지 속잎 트면
늬 손짓하는 푸르른 해협과
연분홍 불꽃 터지는 산봉우리 철쭉들

하늘 샘 열리는

새벽 창
오늘도 나는 너에게로 간다

책 속에는

바둑은 손끝으로 대화하지만
책은 제 혼자
세상과 울고 웃지요

책은 채 가지 않은 처녀림
마음 끄는 미지의 세계 두드리면

책 속에는 그리운 얼굴도
책 속에는 괴짜와도
손길 내미는 만남

난로 위의 끓는 물
찻잔 되어 탁자 위에 놓이고
창밖 눈 내리는 날의 가벼움도

나날의 땀방울만큼이나
혀끝 아리는 커피 향만큼이나

책장마다 삶을 깨쳐주는 길동무

저 반짝이는 별이
우주의 시방十方 가리키듯
책 속에는 드맑은 샘
그 깊고 깊은 수맥이 숨어 있소

소나기

기총 소사는
도시와 항만 울부짖게 하지만
너는 티끌 씻어주는 환경미화원

궂은 짓 일삼는
탐욕꾼들 물벼락을 주고

폭염과 불쾌지수
지구촌의 찌는 더위 속
더운갈이 하는 농군에게 물꼬 터 주지

융단 폭격은
뭇사람의 목숨 앗아가지만
너는 마른 호수와 푸나무의 갈증 풀어 주고

우레 치는 한낮
오만한 무리의 정수리엔

억수 같은 비의 탄알 쏟아줄 테다

진주조개

조개는
바닷바람에 쓸려
어느 백사장 떠밀렸다

조개는
뉘누리 달려올 때
곤두박이며 피멍 들고

그
외로운 밤
거문고자리 직녀성 찾아갔지

밤하늘 날아간
꿈나라는
오오 아롱진 일곱 빛 진주조개

눈 오는 밤

하얀 천사가 내립니다
화롯가 알밤 톡톡 튀는
이 깊은 밤
소복이 눈이 쌓입니다

태초의 그날인 듯
칼바람 잦아진 가장자리
하얀 천사가 춤추며 내립니다

나무 나무는
고운 노래에 취한 듯
마른 가지 눈꽃을 피웁니다

이런 밤엔 촛불을 끄세요
이런 밤엔
실오라기 하나 걸치지 않은
희디흰 천사가 보송히 내립니다

내 사랑 아리아

— 노래를 위한 시

호숫가 나풀대는 풀잎,
아미 닮은 초생달
고개 넘으면

이 밤 새도록 노래하는
오, 내 사랑 아리아

섬돌 밑 귀뚜라미 울음에도
이 마음 실어 사연 하나 읊으리

호숫가 서걱이는 갈대,
반짝이는 은하별
나의 창 어리면

이 밤 애달파 흥얼이는
오, 내 사랑 아리아

깊은 밤 부엉이 목청에도
너 그리워 마른 잎 하나 띄우리

새벽종

1

왜 새벽종은 울리나
종은 울리나

빛깔 없는 대지
등불 없는 창

어둠 몰리는 산골짝이나
여명을 알리는
넘칠 듯 부푸는 시간에서 시간으로

꿈 실은 겨레의 가슴
자유를 그리우는 사람들

허구한 날 배꼽 내밀어
백합 향기처럼 울려 나아가는 선율……

그 누구나의 마음에도 와 닿는 음향……

종은 울린다
상처 난 네 이마박
눈물진 이골에서 저 고을로

산모롱이 휘돌아
종 종소리는 어둠 벽에 이르면
배앵 뱅 아지랑이 속 맴돌다
기인 꼬리 감춘다

2

우리의 소망 하늘 찌를 때
벽이여 무너져 가라
그 먹물과 더불어

독버섯 무덤은 돋았다
가시 엉킨 쇠울 휘돌아
금 간 이 땅

초록별 외로움에 떨면
밤의 중심에서 종이여 울려라

불 꺼진 심혼의 꿈속에
켜히는 불꽃 심지
갓밝이 알리는 종이여 울려나라

쓸쓸한 종소리여
그대들 아우성이여

왜 새벽종…… 종은 울리나
긴 종소리 울리나

제 4 부

님프에게

너의 수액은
고로쇠나무인가 비릿한 향
타는 목 적시고
꿈결인 듯
그 젊음 되살리는
안개꽃 둔덕
한 폭의 수채화로 그려볼까

앵그르의 <샘>* 같은
누드 하나

창가에는
봄볕도 녹아드는
삼월, 복사꽃이 눈짓하는데

---

* 루브르 미술관에 소장된 캔버스 유채.

워낭 소리

이랴차 쟁기 끌며
뎅그렁 뎅그렁
소 방울 소리

귀밑머리 희끗한 농부
두 다리 뒤뚱대도

서울 간 손주놈의 꿈
아침 햇살 꽂히는데
무소의 뒤 밟는 초봄 밭갈이

등걸의 땀방울이야
실바람에 날리고
코 꿰인 소
방울눈 치뜨고 앞만 보고 가자

뎅그렁 방울 소리

묵은 땅 뒤엎으며
이랑따라 골 내어 갈 때
더운 입김일랑 발굽 아래 묻어두고

이랴차 이랴차
해 기울기 전
예서 한 두덩 더 일구어 가자꾸나

한 핏줄의 노래

두 개의 나라보다
하나로 이어온 한 핏줄

반세기 전 그 이전에도
남의 발굽 아래
두 동강 난 아픈 이야기

먹물진 창
안개 걷힐 때까지
누리의 새벽 밝힐 때까지

산골짝 흐르는 여울물처럼
바다로 내닫는 강줄기처럼
한마음 모두어 내달리지 않으련

정녕
한 바다 한 핏줄

가슴마다 일렁이는 꿈이기에

아침의 동녘 벌
골골이 메아라져 흐르는 생명의 소리
한 핏줄의 울림이 아니냐

그날은

그날은 모두
잡티 털어 버린
꽃들의 얼굴 마주하겠지

다수운 가슴 끌어안고
손과 손 내미는
겨운 사랑의 꽃망울들

미소 머금은 눈짓과
가슴속 품은 진홍 보석

별인 듯
먼 꿈도 우리 곁에 다가와
지천의 꽃이 되는

아침 벌
가로수는 일제히

초록의 강으로 흘러
온 거리 떨쳐나설 때

희망의 날개
풀피리도 불러보는
그런 날 꽃구름 벙글어 오리

수채화

단풍 든 이 골
솜털 구름으로 가득하오

색동옷 입은
이파리들이 시새웠던 게지

밤사이 숲은
붉은 열정으로 타올라
살가운 옷깃 손짓했나 봐

골짜기 흐르던 개울물
졸졸졸……

산 메아리 잦아들어
구름 세상이 되고 말았소

산등성이 억새

벌레 소리 숨죽이니

오지랖 넓은 구름은
속살 그 품에 안았나 보오

늦장미

뜰에 핀 늦장미
뜸부기 연못 찾아가면
보 가을이 오나 보다

내 창가
상상의 나래 젓더니
너 그리 곱게 피어났구나

부신 햇살 받아
마음 이끄는 그 모습
꽃의 여왕이 따로 있느냐

간지러운 미풍에도
여린 꽃눈 설레며
진홍 얼굴 살랑 살랑대다가

꽃술 접은 앙가슴

은하별의 신화 속에

늬는 수레 도는 새 아침 맞이하라

숲으로 가는 길

숲은 원시의
푸른 꿈 속삭이듯
우리에게 뭐라 눈짓을 한다

품 안에
굽이치는 여울물 소리,
나무는 나무끼리 사랑 주고받는가

어둠 물러간 뒤
다시 찾은 아침
밀림의 이야기 들려주려는지

온갖 새 지저귀고
산짐승들 온 산야 뛰어다니는
해방 공간의 숲 나라

지상의 미움 넘쳐날 적에도

숲은 하늘의 뜻인가
땅 깊이 뿌리내리고 서서

비가 오나 뇌성이 치나
잔가지 눈꽃 피는 한겨울에도
숲은 우리에게 어서 오라 귀띔을 한다

뒤웅박

그대 불러도
아무 말이 없소

파도에 마음 실어
한바다 떠도는 뒤웅박

격랑의 바다도 두려워 않던
아침 햇살이더니

별 이야기 사위고
샛별 고개 넘을 때

님아 불러도
그대는 어디 떠돌아 갔노

초승달

기러기 날아오고
갈대 서걱이는데

아가위 붉은 열매
첫눈 내리면

썰매 달리는 나라
초승달은 어디 숨었나

산제비

꽃샘 설레는 날
산제비 날아들면

지리산 첫 동네
노란 산수유 꽃망울 터뜨리겠지

주춤거리던 봄,
바람에 펄럭이는 기폭처럼
들뜬 사람들 신겨워 달려 나서고

동트는 동구 밖
새의 깃 위에 펼친 꿈도
하늘다이 푸른데

여울물 녹는 해토머리,
노랗게 물들이는 온 산야
수다한 이야기로 꽃피워 가리니

구름 속 헤쳐 날아라
이 땅 떠나갔던 제비야
푸른 산 푸른 들은 너를 반기리

호수와 초생달

진노을 물드니
누가 호수 위 얼굴 내미나

요정에게 접혔나 보다
풀벌레 소리 찌르르
풀숲에서 우는데

잠든 호수 깨우는지
꿈도 사랑도 저리 두고

누가 물 위에 얼굴 내미나
초생달은
슬그미 재 넘어오는 아미 새

장미

늬는
멍울진 애송이

흘끔 눈짓하면
가시 돋고

애틋이 손짓하니
늬는 새치름한 가시내

날 저어하는지
남십자성 가리키고

어인 심술인가
라이너 마리아 릴케의 손가락
피멍 들었네

마지막 잎새

1

우수수
갈잎 지면

소슬바람 타고
귀 젖는
문풍지 소리

어느 벼랑
수직으로 뒹구는가
잎새 하나

때 되니
너도 갈잎도
머언 길 떠돌아 간다

2

야윈 나뭇가지에는
마른 잎 하나

마지막
너를 떠나보냄은
차라리 푸른 희망이어니

오는 봄엔
온갖은 꿈
천지에 수놓는 그날이겠지

들녘의 화톳불 희미할 때
식은 햇살은
재 넘어간다

하늘은 안다

하늘은 안다
왜 우리는 하나이라는 걸

한 시대
자유 찾던 때부터
삼월의 봄우레 노래하고

겨레의 소망
파고다의 혼불 밝히던 날

타고르의 예언처럼
고요한 동방의 나라
해 뜨는 아침을……

그러나
성난 포연이 몰고 온
저 삼팔선

온 산야
핏빛만 펴 올라
칸나꽃이 지고
이름 없는 별들이 지고

해골 뒹구는 철조망 가엔
시커먼 밤 밤,
독버섯만 피어나다

또
허기진 봄이 오면
DMZ 그 둘레

판문점의 도박사들이
무슨 잠꼬대를 하는지
소식이 없고 보면

산
산의 메아리는
녹이 슬고 말았는가

하늘과 땅 사이
동강 난 반도
푸른 꿈 펼치어 놓고,

왜 우리는 하나이란 걸
안다,
— 하늘은 안다

제 5 부

두레박

잠 아니 오는 밤
고뇌의 두레박 길어 올린다

베갯머리 뒤척이는
불면의 이 밤
별빛마저 구름에 가리어

목말라 찾는
갈증의 우물물 한 그릇

이런 밤에는
잔주름 이마에 고랑 지는데

새벽이 다가올수록
샘 속 드리운 두레박 퍼 올린다

다함께 합창을

— '내일'에 부치는 노래

어제의 창엔
밤별 스산히 지고

날개 젖은 새
둥지 속 날아들었다

시름겨운 사람들은
잃어버린 시간 헤매도는데

이제는 그만 떨쳐나서자
저기 홰치는 소리
이골 저 고을에 울리지 않느냐

아침 햇살
누리 위 빛나고
꿈꾸는 처녀지 일구어 갈 때

손과 손 그러잡고
다함께 합창을,
펄럭이는 내일의 깃발 세우러 가자

새 터전

이삭 줍듯
흘러가 버린 시간을
사금 캐는 발길

깊은 웅덩이 빠진
별을 줍고
사원 꿈도 캐내어

산허리 터 닦아
집을 세우듯
나날이 새길 밟아 가면

어디 열릴 것인가
너와 나의 새 터전

아까샤 향기 어린
신새벽 새어 오면

꼬꾜오 닭도 홰치고 울어올 게다

봄의 심포니

꾀벗은 나무 사이
안개 내리고
두던에 불붙는 철쭉

마른 가지 새 움 트는가
푸른 꿈 스물거리는
개울 길 따라가면

아침의 동녘 벌
다시 4월의 넋 그리운데

더디 오는 새봄
게으른 종소리 발치에 지면

새소리 잦아진 숲 속
소쩍새 피 뱉어 꽃송이 멍울지면

어느덧 이마에 구름 벗는
하늘 샘

햇살 아래서

햇살 아래 서면
신록의 푸나무인 양
덩실 어깨춤 추고 싶다

자욱한 산안개
흔적 없이 사라지니
새 눈 뜨는 노루귀*의 풋사랑

산토끼 영마루 넘었으니
뛰다가 뛰다가
임진강 여울목 길을 헤매는가

어느 하루
쇠울 걷히는 날
'돌아오는 다리' 수런대는 사람들

---

* 봄에 백색 또는 담홍색 꽃이 핌.

한겨레 꿈도

그날 부챗살처럼 펼치리

온 누리 장밋빛 사랑이 영글면

개 짖는 독도

옛적
왜적 몰려들 때
동네 개들 멍멍 짖어댔지

동해바다
외톨섬
또 무슨 그림자 얼씬대느냐

검푸른 바닷바람 안고
쇠쇠한 바위 끝
밤을 지키는 등대 깜박이는데

혹여 밤도둑 드는
밤이여든
이 땅의 삽살개들
한소리로 컹컹컹 우짖어대리라

항일암 동백

항일암 동백은
사랑이 무르익어 벙글고

항일암 동백은
사랑이 겨워서 피는가

눈사태 속
삼동을 견뎌온 그 마음

아지랑이 가물거리면
늬 그리워 달려온 바람

송아리 붉은 웃음에
미친 파도의 속앓이를 알겠네

파도에게

어느 바닷가
칼바위 그리우면

바다 가운데
용대가리 불끈 치솟았다
꼬리 내리는
너는
산짐승

한입 분노를 삼킨 채
악귀 물어뜯을 듯
흰 이 드러낸 아가리

너는
백상어의 화신
사나운 메신저

어서 달려오라

네 몸 전체로

말하라, 쓰라, 그리고 부수어라

너의 그 새하얀 언어로……

가을의 길목에서

가로수 따라가면
발치에 뒹구는 은행잎
나비되어 시나브로 진다

실바람에도
하늘에서 내리듯
한 잎 두 잎 지는 나비 소녀들

노을 진 산
검붉은 울음 삼키듯
지평을 감도는데

햇수레 돌면
다가오는 새봄 손짓하리니

나는
외로운 에뜨랑제

노랑나비 되어 훌훌 날아간다

안개 낀 호반

— LAKE MISTY BLUE를 들으며

안개 낀 호반에
휘늘인 버드나무 한 그루

실가지 길들인 양
늬 그리워
호면 가까이 손깃 적시고

고운 해 반겨
나비 춤추듯
온몸으로 요요히 나래 접으니

거울 비친 호수는
여린 살결로
아리랑 스리랑 물이랑 이루며

잠든 물결 위에

피아노 건반 두드리는가
호반의 물새 되어 은구슬 굴러간다

바다

바다는
큰 설렘으로
온몸 비틀어 뉘누리
틀어 올리다가도
해협의 아침
비늘 돋힌
용틀임
인다

항구는 보우 보우
대낮의 졸음 깨고
햇살에 윤기 나는
근육과 노동
사람의 웃음이 번득일 때

갈매기 두리춤
바다의 광시곡인가

그 위에 내리꽂는 붉은 장미 햇살

겨울 바다는
연푸른 초원이 되었다가
유월의 남빛 율동으로
옷을 벗는다

부시게 가쁜 숨결
바다는
여름 바다는

거침없이 출렁이다가
어족의 향연이 시들해질
즈음

해면은 더욱 고르어지고
돛단배 하나
세잔*의 수채화 닮은
고운 해

---

* 세잔의 수채화 〈바다의 인상〉.

지구가 잠들어 갈 때
보석별 흩어지는
밤바다
그 태고적
육체는
크고 거룩하다

유형지

미망의 꿈 발치에 묻고
눈 귀 가린 쇠울에는
이 밤 벌레 먹은 반달이 헤설프다

별은 구름에 가려
불귀의 다리 돌아서니

이 마음 얼어붙는 빙하기
눈포래 날리는 이 산하에
봄이면 진달래 손짓한다 하느냐

어디선가
핏빛 메아리 귀에 선한데
넋 잃고 돌아서는 유형의 땅

옌지 가는 길

— 윤동주 시인의 생가 찾아

『대지』*의 고량길
열두 나그네는
해 저문 지평선을 내달린다

두 줄 포플러
긴긴 신작로 벗어나면
여기가 조선자치구 옌지

해란강 가 안개꽃 피는가
그대 꽃잠 들고 있는
한번은 가보고 싶던 간도 땅

들꽃 한 묶음 들고 찾은 시인의 생가
우물 속 '자화상'에 인사하고
지그시 고개 숙이니

---

* 『대지』는 미국 작가 펄벅의 소설.

시위처럼 날아간 아픈 시간들……

열두 나그네는

슬픈 웃음 뿌리며 공항길 서두르다

작설차雀舌茶

초승달,
기러기 날개 저어
설핏 비끼면

화롯가 도란도란
옛이야기 토실하고,

찻잎 다려
보글보글 끓어오르는 다완茶碗

그
아릿한
향기에 젖노니

호을로
은하별 우러르면
그 맛 혀끝에 감돌아 온다

눈꽃 나라

눈꽃 나라
겨울산은 동안冬安*인데

임진강 칼바람
갈대 흔들어 깨울 때

돌아오지 않는 다리
기러기 앞세워
어서 오라 손짓하네

---

* 시월 열엿샛날부터 이듬해 정월 보름까지 수도하는 기간.

황새

유년 적
뒷동산 날아들던
키다리 황새

눈꽃 핀 솔가지
꾸루루루 아침 해 반기고

흰 날개 저어
빈들 날아오르다
물갈퀴 세운 다리 내리꽂으면

첨벙첨벙
긴 부리 수렁배미 파묻곤
우렁 캐먹던 새

그 너울춤은
진양조 장단인가

세밑 시름 하나 번지는데

먼 하늘 날아오는
겨울 철새여

노루귀

주왕산 골
노루귀 쫑긋 웃는데
하늬 몰아치는 게 누구냐
꽃샘 멀었다고
늬 시샘하는 게냐
애가지
속잎 틔워 달아나니
이 가슴 울컥
노루귀 너를 생각누나

제 6 부

빈 항아리

깎고 다듬은 글
구슬 되듯이

흐르는 물
맑아지는 것은

그 마음
하늘 닮는 까닭이요

빈 항아리
하늘 가득 담는 그릇 되네

꽃나무

한 그루
채 움트지 않은 꽃나무

먼동 트면
봉오리 터뜨리려나
통일꽃

꽃 대롱에 고개 내민
망울 하나
쇠울 거둔 봄이여든

눈길마다
신기한 꽃송이

눈 내린 백두 천지에서
한라산 해 돋는 해안선까지
기러기 한 무리 국경 넘나들듯이

온 누리 무지개 뜨는
통일꽃 송이

홰치는 아침
환희와 눈물이 복받치는
빛 고운 꽃이여

철마는 가자 우는데

우리네 형제여
엎드리면 코 닿는 길을
이대도록 처음 가고 오다니

경의선 열차 문산 지나 도라산역 지날 때
동해선열차 가모역 휘돌아 나오니
말문이 막히고
눈시울이 뜨거워지는 것은

녹슨 선로 위에
철마는 가자
어서 가자 목메 우는데

빠르지도 않게
느리지도 않게
문산서 개성, 금강산 청년역서 도라선역
철마는 깊은 잠 수렁에서 깨어나

산굽이 휘돌 때 꿈인 듯 외치는 소리

만나면 이어지고
이어지면 또 만나는 것이냐
칠천만 겨레여
이제는 가슴 열어 시원히 말을 해다오

이 머나먼 길
지구의 끝보다 더 먼
이 길이 너무 멀기도 하이!

녹슨 경의선

차머리 허망의 늪에 뒹군 채
길이 막힌 남북
이끼 돋는 세월이여

두물머리
한가슴 품어 안는 한강
푸른 바닷길 달려가는데

우리의 길 막는 자 누구냐

뱃고동 소리 울리는 항구
국토의 동맥마다
거친 숨결 넘쳐나게 하자

우렁찬 나팔소리,
1억의 눈동자
샛별 우러르면

녹슨 경의선
차머리 일으켜
억센 수레바퀴 굴리면

함성 높이 울리리니
아리랑 목청껏 흥얼이며
비둘기 한 무리 그 하늘 날려 보내자

김규동 시인

병상 찾았더니
산소호흡기 낀 채
반기시는 여윈 눈

34킬로의 체중에
피골만 남은 손길인데

— 당신이 쓰고 있는
『세월이 가면』*
어서 책으로 묶으오

나는 계면쩍어
사진 한 장 찍자 했더니
산소호흡기 떼 달라며

---

* 단행본으로 나올 때 제목이 『명동시대』로 바뀌었다.

서가 앞 다가선
시인의 야윈 모습이라니

'삼 년만 서울 가 돌아오겠다'는
어머님과의 약속은
예순 해를 날려버린 실향민 시인

그 깐깐한 성품에
'후반기' 시절의 기상은 찾을 길 없다

시인의 길

시가 안 되어
밤새 쓰다간 지우고
내팽개치곤 하지만

요람서 무덤까진
눈 깜박할 사이

누구나
그 길 가고 있으니

내딛는 한 발 한 발은
다신 못 오는
길

샛별 우러르면
찻잔에 고이는 다향茶香

말 한 마디 줄여 사네

유리창

유리창에는
산새 우짖다 간 자리
별이 와 박힌다

고욤나무 가지
노닐던 새 어디
갔노

새벽종이 울고
산야에는
아픈 세월만 에돌더니

매미 소리
한여름의 업보 달래는가

팔월이 오면
반백의 머리도 희는구나

비 돋는 창

그래도
내일의 창은 유리알 같은
맑은 눈이다

꽃의 환희

해를 마주한
달리아
유월의 사랑 불붙으니

그 꽃
님의 미소이기에
하늘 비친 그 마음

어느 항구
나부끼는 바람결에
터뜨리는 속심지

온몸 달아오르는가
진홍 달리아

때찔레

흰 모래
때찔레

푸른 바다
함박 피니

해당화야
때찔레야
.
그 앙가슴
설레이는

진주조개
사랑일레

해돋이

앞산에
둥싯 떠오르는 해돋이

바다는 숨 고르느라
온몸 일으켜
고즈너기 피는 새 아침

누가 저 햇덩이 보고
황홀하다 아니하랴

앞바다 넘실거리고
고랑마다 켜켜이 선
푸른 녹차밭

이슬 맺힌 찻잎
흙내 나는 이랑에
아롱아롱 구슬로 굴러 내린다

홍시

나뭇잎 지면
대롱대롱 매달린 홍시

동네 아이
모여들 무렵
가지 끝 재재기는 산까치

진노을
아이도 날짐승도
눈독 들인 홍시 하나

나의 하루

책갈피 펴드는 것도
책장 접는 손도
일상의 하나

베갯머리에는
부엉이 눈알 만한 전구
호젓이 불 밝히고

나의 사념 빨래처럼 바래다
나의 노동 심줄처럼 당기다

나날의 혁명

오늘도
나는 혁명을 시도한다

게으름 덜어내고
낡은 노트 쓰레기통에 버린다

책갈피에
새로운 페이지 열어
오는 날의 희망 수놓아 가며

석양빛 물들 제
후회 없는 나날
나무의 풋풋한 마음을 닮으며

무거운 짐 벗으면
어느 날 표표히 떠나는가
나의 길

흰 나리

그대 생각하면
세상의 꽃들이 시들해지오

꽃으로 비기면 뭘까,
빨간 장미 아니 튤립 아니
산골짜기 호을로 핀 흰 나리

저 불붙는 오뉴월
은은한 향기 들녘에 퍼지고
다소곳이 꽃 마음 모두는
그대는 내 사랑……

풀잎에 아침 이슬 머금는
방천의 산책길에서

초승달 기우는 들길에서도
한 떨기 흰 나리를 그리노니

그대는 내 첫사랑……

두 손 모을 때

이 마음 씻어
하늘길 열게 하소서

고운 빛
땅에 내리듯
그 황홀함으로 깨달음 주소서

빈 항아리
노래로 채우리니
제 손은 푸나무의 덩굴손일 뿐

햇귀 솟을 때
마음의 문 열어
감긴 눈 트이게 하소서

사흘을 눕는 날
엿들은 큰 한 말씀

두 손 모아 새벽길 가오리니

빗길

여우비
낮은 소리로 듣는
인사동 길

비는
내 가슴 속
으능잎처럼 내리고

이 빗길 가면
문득 스치는 생각

두 발길 걷다 멈추다
멈추다 걷다

지그재그
한잔 차에 취한 듯
비틀비틀 빗길을 간다

제 7 부

행복

행복은 어디?
내 가슴 안에 있지

마음마저 비우면
행복은 그득 고인다 했으니

하늘 만한 꿈
빈 항아리로 안고 살자

한라산

그날의 활화산
시뻘건 불 내뿜으며
한 멍에 감아 안고
안개 휘돌았다 억울한 오름

유채꽃 노라니 피는
봄의 아수라
웬 심장 터지는 아픔이더냐

삼백 예순 오름마다
미움 돌팔매질 하는
풀뿌리 민초들

온 섬 떨치어
골골이 울린 함성
새 시대 아침을 재촉하니

오름마다 선혈로 메아리지는
오, 핏빛 4월이 오면!

백록담의 노래

1

신기한 바위는
병풍처럼 에둘러 서고
연못가에는
잔디 깔린 푸나무들

향기 실은 바람
오름마다 산등을 넘나드니
그 바람 소리
향비파 소리인 듯
아스라한 피리 소리인 듯

아득한 옛날
연못 찾아 신선이
흰 사슴 타고 내려와

그 이름
백록담이라 불렀다 하네

2

어느 날
백록담 오름에는
흰 사슴 하나 피 흘려 뒹굴고

마을 벗어난 젊은이들
어두운 동굴 속 찾아드니
어인 시대의 아픔인가

잠든 한라산
다시금 불꽃 핀 분화구
이글대는 용틀임인가

깎아지른 낭떠러지 아래론
바위 끝 부서지는
파도의 날갯짓

삼다 섬은 그렇게
흰 거품 내뿜고 풀뿌리 민중들
성내며 울부짖으며

어둠 낀 오름에
숨 가삐 달려가고 있었지

몽돌

내 마음 앗는
몽돌 하나

우레 치던 낭떠러지
두려워 않고
데굴데굴 굴러온 돌

눈·코·입·귀
다 뭉개고
팔다리마저 잃은 채

뉘누리 쓸려
어느 모래톱 곤두박인 넋신

귀양살이 그날에도
별빛 우러른 매운 혼
몽돌은 외로움도 잊고 산다

수묵화

여기가 어디인가
파도처럼 밀리는 구름바다

그 위에
노고단과 반야봉
섬 섬처럼 뜬 연봉들

어느 시인이
지리산 품을
태고의 신비라 이르던가

연하봉
해돋이는 하늘의 조화

미륵이 보이고
새 꿈 어리는 칠선바위

천왕봉 깃 아래
아기 봉우리
가물가물 흰 구름 출렁인다

매월당梅月堂

참대보다 곧고
휘황한 빛으로도 넘볼 수 없는
푸른 넋

정녕
제왕의 위엄으로도 어쩌지 못했구나
매월당 김시습

머리에 패랭이 쓰고
티끌 세상 벗어나
금오산 숨어 피로 새긴 글발들

작설차로 시름 달래며
풀잎에 노래 실어
덧없이 강물로 띄워 보낸 나날들……

이 메, 저 가람

바람결에 한숨 날리며
먼 길 떠돌이 되어 꿈을 산 사람아

억새의 춤

가을 숲 거닐면
바스락 소리

마지막 잎새
맨가지 떠나가고

산봉우리
안개 휘감기면
여울은 구슬인 듯 내린다

자작나무 아래
뒹구는 가랑잎은 외로움에
구렁묵으로 자꾸 모여드는데

산마루 억새는
흰 머리 흔들어
너울너울 너울춤 춘다

사랑나무

금오산 거북바위
제4문 지나면
두 줄기 벋은 사랑나무
새벽종 울리니

개벽이 온 듯
하늘과 맞닿은 수평선
눈이 부신데

향일암 해돋이
큰스님 해탈 소식인가

소롯이 벙그는
사랑나무 멍울
반야의 꽃이라 이르네

물동이 인 여인

백자 항아리엔
한인현의 담묵색
'물동이 인 여인'이 걸어온다

고향 길 막힌
화가는 반세기나
어머니 닮은 여인 그려 왔지

북녘의 밤
황홀하던 그 별
예대로 초롱초롱 빛나고 있을까

그때 별 하나
주머니에 따올 걸
아니, 가슴속에 숨겨온 그 별

화가는 무시로

달밤의 '물동이 인 여인'
허공에서 꺼내 그린다 하거늘

머리 위엔
휘황한 별보석 흐트러 놓고……

항구는

항구는
이 뱃머리
푸른 물감 출렁이고

항구는
그 새벽 눈
미소 머금은 듯

항구는 항구는 바람
항구는 항구는 물결
항구는 갈매기 우는 창이 좋아

비 젖는 창변
네 발자국 소리
뱃고동인 듯 가슴 설레면

항구는

196

저 해돋이
피 묻은 아기의 첫울음으로 뜨고

합장

온 하루
바다는 파도치고
소소리바람 쪽배 휘몰아 와도

햇살 고르게
삶의 뜻 가슴에 뿌리는
웃음이게 하소서

고된 날 오고
안개 나를 섬에 가둘지라도

저는 저를 지탱하고
내 나를 기꺼이 이끌게 하소서

마음의 빈자리,
그대 내 곁에 나서지 않아도
깃을 치는 새 높이 날개 펴게 하소서

제 8 부

정어리의 원형 무도 圓形舞蹈

1

너울진 파도 속
조류 따라가는 정어리 떼
큰 원형으로 무리 지어 흘러간다

거친 바다 천적 막으려고
둥글게 대형 이루니
생존을 위한 원형 무도

30미터 앞에 천적 비치면
곧 원형 이루어
온 지느러미 재게 움직이는데

이때 가로 세로 무질러 오는
돌고래의 아가리,
그놈의 송곳니 피해

요리조리 흐트러지면

펑 뚫린 물구덩이 생겨
한바다 요동치는 숨바꼭질

2

바다사자 상어는
해저 깊이 숨어 엿보다가

아차 할 순간
쏜살같이 내달아
정어리 입에 물고 꼬리 흔들지

정어리의 원형 이리 무너지고,
공중에서 어족의 행렬 따라붙던
바닷새 이때를 놓치지 않는다

수리 한 마리 수직으로 내려
먹이 물고 나오니

녀석들 잇따라 흩어지는 원형 무도

너울진 바닷속, 아니
하늘에서 동시다발로 달려드는
이 생사의 피투성이 싸움

3

이 사투 끝에 살아남은
정어리 떼 다시 헤쳐모여
한바다 헤엄쳐 갈 제

언제 그랬느냐는 듯이
정어리의 암청색 등에
햇살 따시게 내리면

녀석들은 은백색 배때기
하늘 높이 풍덩풍덩 날뛰며
삶의 도취인 듯 춤사위 절정인데

이를 지켜보는지
연보라로 넘실거리는 황혼 녘
수평선 기우는 해는 빙그레 웃고 있다

어머니의 강

1

회귀의 길목인가
한바다 휘돌아
어머니의 강에 뛰어든 연어들

달밤이면
여울진 물살 헤엄쳐 가다
가슴지느러미 낮게 내려
한시름 놓아 보지만

동틀 무렵
다시 넘어야 할 폭포수
내리꽂히는 급물살 솟구쳐 오르는
한 놈 열 놈 하늘 뛰기

열 길 스무 길 물벼락

날아오르려니 온 힘 다하여
등지느러미, 뒷지느러미, 흰 가슴지느러미

눈 가린 물보라 머리로 치받고
오색 무지개 꼬리지느러미로 떠밀어
생사 가르는
기 싸움 한창이네

2

그 물보라 솟구치는
비어飛魚들의 수중 쇼
하늘에 드러낸 은백색 배때기를 보라

그랬지,
막 알에서 깨어난 모래바닥
부신 햇살 피하여
잔 물고기 풍덩풍덩 강물 속
뛰어들었지

앞지르거니 뒤따르거니
샛강 헤엄쳐 간 아기 고기들
미처 바다 두려움 어리짐작도 없이
해류 떠밀려 이른 곳은
울긋불긋 수놓은 산호 숲

바다의 천적
상어는 채 만나지 않았으나
왠지 눈길 위험은
시시때때
촉각 곤두서게 했지

3

우레 치는 난바다
산 같은 뉘누리 일어올 때
비껴간 곳 바다 골짜기였느니

생게망게 눈앞 어지러운데
무리 지어 오는 원뿔꼴 상어 무리

그놈들
송곳 같은 아가리 벌리어
사나운 돌격해 올 때
연어 한 무리는 무너지지만

그때 죽음 피한 연어들
멀리 북태평양 휘돌아 내달려 오니
거꾸로 바다 찾아가는 참게 무리

이여차! 이여차!
고기잡이 바쁜 섬진강 뱃노래
은빛 물살 방울지듯 흐르는

이 물길
그리운 향수여

4

죽음길 마다 않고

거친 바다 격랑 속 헤치고

그 인연 뭐길래
윤회의 수레바퀴처럼
어머니의 강 찾아오는 연어 떼

천적 만나면
물린 핏자국도 아린데
되돌아온 강 모래에 알을 슬어
이 생 다하는 물고기

영험의 눈짓이런가
씨받이 사랑 못 잊어 못 잊어

연어 내달리는 검푸른 바다
큰 해일 일고⋯⋯
굵은 우레 소리 울고⋯⋯

5

뒤질세라
열 길 물 솟구쳐 올랐지

큰 보 뜀뛰고 나면
맨살 드러낸 섬진강
춤추듯 은빛 넘실거리니

왕시루봉 반짝이는 샛별
반야봉은 이 밤도 '마야고의 짝사랑'
아니 잊었는가

애통이 나루터 뒤로 하고
굽이도는 여울목
지난밤 별과의 속삭임도 그리운데

새벽 눈 뜨는 강
동녘 발그레 물드는
어머니의 강

이 물이랑에 짙푸른 등줄기
따신 햇살 받아
연어 무리는 나직이 숨을 고르네

은박지 그림

1

유엔군의 원산 진주로 술렁일 때
시공관엔 '원산시민 위안의 밤' 열리고
유치환 등 종군 작가단 나타났지

하지만 이중섭은 안 보이고
사람 찾는 종군 작가단에
김영주의 안부 물었으나 아는 이 없다

김영주는 해군 군관 한민걸에게
그의 어머니와 이중섭을 데리고
남하하라 이르고 부산에 떠돌고 있었지

영하 30도의 혹한 속
귀를 째는 꽹과리 소리와
피리 부는 중공군 장진호 덮쳐오니

미 제10군단은
흥남부두의 10만 군과 남민들
부두의 아우성 속에 철수 서두르는데

— 너는 떠나야 해!
— 어머니는 어쩌시구요?
— 내 걱정일랑 말고 넌 떠나

2

해방 후 구상이 만든 『응향』지에
이중섭이 그린 표지화
퇴폐적 부르주아 잔재 짙다는 비판받고

그때 이중섭은
조선미술동맹 원산지부 지부장,
그 일은 한설야 등의 도움으로 수습되었으나

그의 소외감은 날이 갈수록 더했네

일본인 아내는
이남덕으로 고쳐 부르고

그는 평양 나들이한 후
집 안에만 갇혀 지냈지,
그동안 김영주와 구상은 남으로 가는데

남에서는 김순남, 정지용, 이태준 등
내로라는 작가들 월북해 오니
역사의 아이러니

이중섭은 어머니와 아내,
아이들 사이에서
부자유를 예술로 극복하려고 안간힘 썼네

3

그에게 쏟은 비판 가혹했는데
'소' 그림 문제 삼은 건
소의 엉덩이에 올라탄 두 아이였으니

— 동무, 이 그림 설명해 보오!
— 이 소는 일제로부터 해방된 소요,
    두 아이는 분단된 나라 상징했댔소

— 흐음! 어느 것이 북조선이고
    어느 것이 남반부요?

이런 수난 속에서도 그는
송도원 화실에 버티고 있었네,
북녘 하늘 덮은 B29 폭탄 퍼부을 때
그는 화구 챙겨 석왕사 뒤에 피했었지

학이라는 소개지
폐광의 굴 속 공습에서도
그의 그림 그리는 손은 멈출 줄 모르고

원산은 내리퍼붓는 폭탄과
우레 치는 포격,
바다 뒤집는 함포사격으로 쑥대밭 되고 있었지

4

그가 그림 그리고 있을 때
— 저걸 보라우!
불현듯 붓을 놓은 인호가 외쳐댔네

능선 아래로
태극기 보이고 사다리꼴의 군대 행렬,
그들은 국군의 검문받고 가까스로 풀려나

이중섭은 집으로 달려가자
한쪽 집채는 군대가 캠프로 쓰고
가족은 한쪽 방에 몰려 있었네

어머니의 간곡한 당부로
가족은 그대로 남고
조카 영진과 그는 월남을 서두르는데

그의 짐은 두루마리와 화구,
보리 미싯가루 한 부대가 전부
어머니 품에 그림 한 폭 안기고 부두 향했지

원산항은 혹한과 아비규환의 지옥,
일행은 번번이 승선 교섭 허탕치던 중
뜻밖에 행운의 여신 나타났으니

5

한 병사 이끄는 대로
배에 올라 해군군관에 인도되는데
그가 한민걸이었으니

— 이중섭 선생이십니까?
— 그러오
— 일행은?
— 모두 아홉이니끼니……

그는 잠시 생각에 잠기더니
— 다들 타시라요, 제가 책임지갔소

그들이 배의 트랩에 오르자 한 병사에게

― 이 손님들 잘 모셔!
선발 난민 태운 배 원산항 떠났으니

자정 무렵 주먹밥 한 알씩 배급받는데
한상돈 내외와 어린이 울고 있었지,
그는 중섭의 선배 되는 화가

― 중섭, 남에 가서 그림이나 실컷 그리자오
― 그림을 그릴 수 있을는지?
　　그럴 수만 있다면……

6

후배 인호 보며 겸연쩍게 웃으며,
― 우리만 타고 말았네, 헤헤
김인호는 개를 주로 그리는 화가

겨울 바다는 산 같은 뉘누리 일고
위태로이 너울에 묻힐 듯
심한 멀미에 지쳐 쓰러진 난민들

중섭은 얼어붙은 갑판에 서서
동트는 먼동 보고 소스라쳤지,
— 아, 저 신비한 주황색······

화가만이 보는 신비의 색상인가,
고향 뒷산에서 미처 못 본 선연한 저 빛
그의 눈길은 초롱초롱 빛났었네

이 사흘간의 항해일지,
흥남철수의 LST 몇 척이
그들의 발동선을 앞질러 가는데

중섭은 부산에 떠돌고 있을 화가들
한묵, 정규, 김영주, 최영림, 장이석의 모습
떠올리며 씽긋 웃음을 헤뜨렸네

7

주문진 항 정박하자

난민들은 안도의 한숨 내쉬며
그제서야 기운 차려 말을 건넸네

중공군의 원산 점령 소식 듣고
12월 8일 그곳 떠난 배
포항 지나 부산 내항에 닻을 내렸지

그 배는 해군 후생선 '동방호',
상륙 절차 기다리던 중
정훈부 소속 화가 최영림과 눈 마주치는데

그는 기지사령부 화가로
중섭의 보증인 되고
영진을 그곳 문관으로 주선했었지

부산의 범일동,
적산 건물 아카사키 창고의 낡은 헛간이
피난민 수용소

멀리 바다 풍경 보이는 이 수용소
시멘트 바닥에 구멍 뚫린 천장,

벽은 녹슨 함석으로 군데군데 때워져 있었네

8

— 남덕이 미안해!
보기 딱해 중섭이 말하자
아내는 싱긋 웃고는 고개 저었지

아카사키 세 동은 다른 난민 차지하고
이곳은 서울, 흥남, 황해도 난민 차지,
퀴퀴한 시멘트 위에 을씨년스러운 나날들

경찰관의 감시받으며
관에서 주는 주먹밥과 구호물자,
담요 건네받고 스스로 피난민을 실감했느니

어언
수용된 지 일주일 되고
난민들의 신상 조사 실시되는데

한상돈의 가족은 쉽게 처리되었으나
중섭은 아내가 일본인이라는 것과
'원산미술동맹 위원장'이 걸림돌이었네

게다가 조카 영진이
부산에 상륙하지 않고 다른 곳으로
옮긴 사유 꼬치꼬치 캐물었네

9

중섭은 몸수색 받은 후
혐의 없어 피난증명서 받고
인호 또한 탈 없이 증명서 얻어 내는데

— 이제 어드렇게 한다디오?
인호가 말하자 한상돈이 받기를
— 내가 아우 찾은 뒤 힘쓸 텡끼니

허나 중섭은 예서 헤어지자고 했지,
— 상돈 형, 김영주, 구상이

부산 있을끼니 그들을 찾아보쟀소

한상돈은 가족 셋 데리고 먼저 떠나고
인호 뒤따라 나간 후
중섭 가족만 급식으로 목숨 잇게 되는데

— 이리 쓸쓸해지려고 어머니를 두고 왔다!
— 참아요, 무슨 수가 생기겠디요
아내는 위로의 말로 달래었네

그런 어느 날 수용소 직원이 귀띔하기를
— 광복동 가면 장발의 예술가 다닌다카니
   한 번 가보시구려

10

그는 광복동 거리 나서
'김영주'라고 쓴 종이 보이면 쑤군댔지
— 뭐, 그런 화가가 있었나?

수용소 나간 김인호는
원산 친구의 도움으로
미군 부대 아티스트로 근무 중인데

중섭이 초량동 '야자수'다방에서
김영주 만난 것은
그의 가족 제주도로 떠난 후였으니

해안과 중산간에 유채꽃 한창일 때
그가 첫발 내디딘 삼다도,
― 예서 그림을 그려야겠군

그는 건입동 창고에 하룻밤 묵은 후
'동백'다방에 개털 오버 걸치고 기웃거리자
― 돈 없어요, 내일 오우다

다음 기항지는 서귀읍,
그곳 서귀리 농부의 집 별채에
헛간 방과 부엌으로 쓰는 아궁이 얻어 들었네

11

빙 둘린 돌담 안에는
수선화 멍울져 그의 서귀포시대 열리고
뜨거운 열정 솟게 했네

또 하나 큰 발견은
엽서화에 등장하는 '게' 그림
그는 꽁보리밥 씹으면서도 그림에 파묻히는데

보리가을 지나
그는 길게 자란 노랑 수염 달고
태성을 업고 보리 이삭 주으러 다녔지

등에 잠든 녀석을 업고
보리 한 구럭을 가져오면 아내는
— 어머, 당신 부자 되셨네요

영진의 친구 부 문관이 서귀읍 다녀와
중섭을 보았다고 영진에게 알리는데
부 문관도 영진과 제주 기지사령부 근무했으니

영진이 숙모 남덕을 만난 후
중섭은 월남 미술작가전 출품 위해
부산 가는 화물선에 올랐지

12

부산서 그는 페인트 구해오고
김영주와의 만남 이루어
그림에 열정 쏟으니 혼을 사르는 작업이었지

그즈음 사제 파이프 만들어
멋 부리는 여유도 생기고
제주 갈가마귀에 넋을 앗겨 까마귀 그림 느는데

가족들 수용소로 옮긴 후
부두 노동자 되지만
광복동 화가를 만나니 기쁨 넘쳤네

오일 드럼 굴려 화차에 싣는 일,

낡은 선박에 페인트칠하거나 콜타르 입히는
중노동도 가리지 않았네

해 질 녘에 기름 묻은 모습으로
광복동의 장발족과 만나면
소주잔 기울이며 외로움 달랬지

아내와 두 아들 일본 보낸 후엔
사람들과 발길 끊고
조수 드설레는 해수海愁에 마음 젖기도 했네

13

다방에 죽치고 있으면
박고석이 찾아와 커피 시키고
피우던 양담배 놓고 가는데

에뜨랑제 이중섭은
캐멀 은박지 꺼내 뜸을 들이다
숨겨 둔 생각 쓱쓱 그어댔지

그때쯤 자리가 차면
눈 흘기던 아가씨 다가와
— 손님, 저 구석 빈자리 가이소 그마

그 가시나 구박에
구석자리 옮긴 환쟁이는
무언가 울 듯한 표정 짓고 나서

두 눈 씀벅거리며
죽음의 바다 그 시련도 견디었는데
이깟 수모쯤 대수인가……

입 꼭 다물고는
오로지 한마음 모두어
긋고 긋고 긋다가 하던 일 접고 나갔지

14

은지화는 도쿄 유학시절

한창 꿈에 부풀 때
스스로 창안해 낸 은박지 그림

원산시대에도 걸상에 은지 펴놓고
날름한 칼끝으로 형상을 하여
여러 모양 그려내기도 했거늘

부산에선 화구 등
재료 구하기 어려워
고민 끝에 은지화를 그리기 시작했지

엽서화는 전통화의 하나,
대상의 윤곽 선묘를 한 후
그 내면에 선명한 채색 입히는 기법인데

그의 은지화는
고려청자의 상감 기법으로
그만의 독창적인 선묘화

그림의 인물들은
때로는 슬프고, 웃음 자아내

어느 것은 불상佛像을 떠올리기도 하였네

15

빠리 루브르 박물관엔
파블로 피카소의 명화 곁에
은박지 그림 하나

아무도 눈길 주지 않고
한 사람 거들떠보지 않던
그 홀대받던 은박지 그림

광복동 찻집엔
터줏대감 조향을 비롯하여
양키처럼 키 큰 양병식, 멋 부리는 박인환,
'나비의 광장' 서성이던 김규동,
거제도 탈출해 더욱 황소 눈 된 김수영

이 회색 연대엔
수용소 생활에도 아랑곳없이

그림에 열정 쏟아붓던 뚝심의 예술혼

그는 삼다도 간 후
아내와 두 아들 일본 보낼 적에
부두 서서 손수건 흔들었지

— 이 아픔 떨치고······ 연락선아, 안녕!

가파른 역사, 길 위에서 쓰는 시대정신과
내면적 성찰, 그리고 서정의 합일ㅅ─

김희수(문학평론가 / 동원과학기술대학교 교수)

1. 들어가는 말

안도섭 시인의 시가 지니는 매력과 의미는 무엇인가? 이
러한 물음은 그의 시가 오늘날까지 우리에게 잔잔하게 파
고드는 힘에 대한 의문이기도 하다. 우선 그의 시적 이력을
보자. 그는 1958년에 <조선일보>와 <평화신문> 신춘문예
로 시단에 나온 이후, 우리 사회의 격동과 변화의 가파른
길 위에서 당당히 맞서 시를 써왔다. 역사와 부조리 앞에서
는 자신의 온몸을 던지며 목소리를 높였다. 온갖 욕망이 난
무하는 오늘의 삶에 대해서도 같은 태도를 유지하고 있다.
그의 시의 토양은 현대사의 가파른 흐름과 서로 밀접한 관
련 속에서 전개되어 왔다. 예컨대, 김수영에서 김지하, 신경
림, 고은, 박노해, 안도섭 등에 이르는 현대시들은 1960년대
에서 80년대 이르는 격동의 역사를 빼놓고서는 제대로 설

명하기조차 어렵다. 한국문학의 지배적인 담론의 하나인 민족·민중 문학론이 제기되고 본격화된 것도 이즈음이다. 시와 역사의 행복한 일치는 이들 시인의 이상 가운데 하나였다. 불행한 역사 속에 살아온 우당牛堂의 시들은 여러 문제를 숙고하게 한다. 민족문제, 분단문제를 넘어서 시와 민족, 시와 사회, 시와 역사 등 현대시가 제기한 많은 문제들을 말이다.

첫 시집 『地圖속의 눈』(1959), 서사시집 『황토현의 횃불』(1969), 『풀잎序章』(1984), 『하늘을 아는 사철나무』(1986), 『어느 火刑日』(1987), 『사랑을 말하라면』(1988), 『일억의 눈동자와 사랑을 위한 百의 노래』(1989), 『살아 있다는 기적』(1990), 『내 얼굴 벌거벗은 혼』(1991), 『나무나무와 분홍꽃 아카시아는』(1991), 『아침의 꽃수레 타고』(1994), 『지리산은 살아 있다』(1999), 서사시집 『새야 녹두새야』(개정판, 2002)를 거쳐 최근의 『돌에도 꽃이 핀다 했으니』(2004), 『아, 삼팔선』(전4권, 2007)까지, 모두 15권의 시집을 낸 안도섭 시인은 대체로 80년대의 민족문학운동이라는 담론과 그러한 분위기 속에서 본격적인 작품 활동을 벌여왔다. 그가 광주에서 대학을 다녔고 광주민주항쟁(1980년 5월)의 문학적 계승을 기본 정신으로 하는 작품을 많이 발표했다는 사실이 이를 잘 대변해 준다. '광주'와 '5월'의 아픔은 그의 여러 작품에서 되풀이되어 나타나는 모티프이며, 그의 역사 인식의 중요한 동력으로 작용

하고 있다. 예를 들면 이번 시집에 수록된 "하늘은 깊은 호수인데/붉은 해 이고/무등산이 솟았다, 날이 밝았다"(「무등산」)와 같이 열정적이고 서정적으로 표현된다.

그의 시는 역사 인식과 함께 전개된다는 특징이 있다. 그래서인지 그의 작품에는 이미지의 현란한 남발이 없다. 그의 시가 단단하고 맛있는 이유 중의 하나일 게다. 시는 이미지의 복잡한 그물로부터 벗어나 자기의 의식-몸체를 명료하게 드러낸다. 이러한 명료한 드러남은 이미지의 간결함뿐만 아니라 그의 시가 종종 취하는 직설적인 발화 방식이나 일상적인 통사 구조에서 크게 벗어나지 않는 시적 문법에 기인해야 한다. 안도섭 시인의 시는 이를 잘 말해준다. 60~70년대 우당의 초기시에서 보이는 개인적인 서정성은 80년대에 현실 참여적인 시 의식을 확고하게 표명한다. 그러나 거대 담론이 해체되어가는 과도기라고 볼 수 있는 90년대 이후 다시 개인 성향으로 회귀한다. 열정적으로 표방해 온 그의 시대정신은 점차 개인 내면에 대한 성찰로 이어진다. 최근에는 분단국가의 아픔과 관련된 시들도 부쩍 늘었다는 특징이 있다. 이번 시집에는 이런 시 의식이 깊게 내재되어 있다. 안도섭 시인의 작품 세계는 역사성과 분리시켜 다룰 수 없다. 이번에 상재한 열여섯 번째 시집 『자작나무 숲길』도 이 같은 특징과 무관하지 않다. 이번 시집은 총 8부 104편의 시가 수록되어 있다. 1부에서 7부까지의 시편들은 주로 시인의 내면적 성찰과 관조적 세계, 그리고 분단국가의 시대성이 담긴 서정시들로 채워졌고, 8부에는 「정어리의 원형무도」, 「어머니의 강」, 「은박지의 그림」 등 세 편의 연작시(장시)를 선보였다. 이쯤해서 그의 작품세계로 여행을 떠나보자.

2. 분단국가, 시대정신과 서정의 합일

앞서 말했거니와, 안도섭 시인이 겪은 시대적 상황은 비극적이었다. 해방 후의 정치적 혼란과 4·19, 5·16 등 군사정권시대의 터널을 지나 민주화시대를 맞기까지 격랑의 시대를 살아온 것이다. 그럼에도 불구하고, 그는 역사에 밀려 자칫 잃기 쉬운 시적 구도를 잘 지켜내고 있다. 그 근거로 단순한 감정의 분출이나 무절제한 언어의 남발이 아니라 절제된 언어, 함축미를 지닌 메타포의 구사 등을 정서적으로 형상화함으로써, 시의 구도를 온전히 지켜내고 있다.

이 시집은 통일된 민족, 갈등과 분쟁이 사라진 새로운 역사의 공동체의 꿈을 노래한 것이고, 여든을 넘긴 노시인의 진솔한 삶과 사물을 바라보는 관조적 세계가 한 폭의 풍경처럼 펼쳐진다. 시의 화자는 자신의 꿈을 새로운 세대에게 말하면서 그 꿈의 실현을 위한 새 역사의 길에 동참할 것을

권유하고 있다. 많은 것들이 변하고 있는 세상이지만 그의
한결같은 민족문제에 대한 관심을 읽을 수 있다. 조국과 소
외된 이웃, 자연에 대한 관심과 사랑, 새로운 역사에 대한
그리움은 그의 시의 지속적인 주제이다. 이 시집의 포문을
여는 시 「기러기」를 보자.

하늘 가르는
기러기 한 무리

어느 국경 넘어오는지
임진강 물굽이 휘돌아
시화호 내렸다 우포늪 맴돌다

다시 섬진강 건너
지리산 천왕봉 넘나드는
새   새
　　새

V자 그리며 삼삼오오
산 넘고 강 건너
얼음길 달리는 한강
그 언 강 풀리면 못내 아쉬운 듯

겨겨겨
시름겨워 울고 가는 기러기 발자욱

땅끝 마을 떠나
바이칼 호나 다뉴브 강가
너울너울 깃을 치는 하늘 길 구만리

이 강산 새봄이 오면
강남 갔던 청제비
격랑의 해협을 날아들 제

늬들은 소식도 없이 가고……
　　　　　　　—「기러기」 전문

　「기러기」는 우당의 80년대적인 민족·민중 문학의 움직임 등을 그 나름대로 재활성화한 민중적 서정시라 평할 만큼 가치가 있다. '어느 국경', '임진강', '시화호', '섬진강', '지리산 천왕봉', 그리고 '바이칼', '다뉴브 강가'에 이르는 상징적 언어들을 끌어들인다. 그런 후 분단의 아픔을 민중과 호흡하기도 하는데, 'V자 그리며', '산 넘고 강 건너', '시름겨워 울고', '너울너울 깃을 치는' 등 부드러우면서도 강렬한 심상들은 소리 그 자체만이 아니라 소리 없이 이어지는 움직임 속에서 우러나온다. 이 시대 민중의 아픔을 그대로 나타내고 함께하고자 한 것이다. 여든에 바라보는 노시인의 분단국가라는 한을 내면화하는 방식이며 동시에 새로운 힘으로 전환시키는 과정이기도 하다. 80년대 '소리'라는 강렬함의 호소에서 벗어나, '움직임'을 가미하여 부드러움을 동시에 추구하고 있다. 노시인의 관조적 세계가 돋보인다.

「강」에서 보이는 '너울너울', '넘나드는' 등 의태어에 의한 소리의 반향, 침묵 속에 전개되는 역동적 이미지는 그의 시를 과거지향이나 복고적 서정에서 벗어나게 한다. 다시 말해서 그의 시는 과거의 아련한 그리움에 빠지지 않는다. 이미 없어졌거나 잃어버린 것에 연연하지 않고 현재의 삶에서 그것을 회복하려고 한다. 그렇기에 아픔이 다시 힘이 된다. 그 힘은 '이 강산/새봄이 오면/강남 갔던 청제비/격랑의 해협을 날아들 제'처럼 희망에 대한 발견으로 이어진다. 여기에 애틋한 그리움은 있을지언정 아픔이나 눈물은 없다. 이 시 외에도 「천지天池」, 「한 핏줄의 노래」, 「그날은」, 「하늘은 안다」, 「다함께 합창을」, 「햇살 아래서」, 「한라산」, 「백록담의 노래」, 「철마는 가자 우는데」, 「녹슨 경의선」, 「새벽종」 등 분단국가나 역사의 시대적 아픔을 희망의 그리움으로 승화시킨다. 이중 초기시와 극명히 비교되는 「녹슨 경의선」을 보자.

차머리 허망의 늪에 뒹군 채
길이 막힌 남북
이끼 돋는 세월이여

두물머리

한가슴 품어 안는 한강
푸른 바닷길 달려가는데

우리의 길 막는 자 누구냐

뱃고동 소리 울리는 항구
국토의 동맥마다
거친 숨결 넘쳐나게 하자

우렁찬 나팔소리,
1억의 눈동자
샛별 우러르면

녹슨 경의선
차머리 일으켜
억센 수레바퀴 굴리면

함성 높이 울리리니
아리랑 목청껏 흥얼이며
비둘기 한 무리 그 하늘 날려 보내자
　　　　　　　—「녹슨 경의선」 전문

　그의 초기작품 「地圖 속의 눈」에서 보였던 눈물은 어디에
도 찾아볼 수 없다. 이 시에서 화자가 보고자 하는 '녹슨 경
의선'은 생명력으로 살아온다. 이 땅에 '뱃고동 소리 울리
는', '우렁찬 나팔소리', '함성 높이 울리리니' 등 희망이 싹

튼다. 녹슨 경의선이 생기 있는 기운을 뿜어내면서 여기저기 희망들을 새롭게 엮는다. 화자는 녹슨 경의선에서 무엇을 보고 있는가. '국토의 동맥마다/거친 숨결 넘쳐나게 하자', '1억의 눈동자 샛별 우러르면' 녹슨 경의선 차머리 일으키고, '아리랑 목청껏 흥어리며/ 비둘기 한 무리 그 하늘 날아가는 것'을 보고 있다. 이와 같은 이 땅의 청신함과 평화로운 기운을 노래함은 현실의 비극에서 한 단계 승화된 시적 구도가 아니겠는가. 그에게 더 이상의 눈물은 없다. 과거에 연연하지 않는다. 오늘날의 삶 속에서 그 그리움이 살아있음을 본다. 화자는 초기시에 그가 보였던 분단국가의 아픔에 대한 눈물보다는 희망, 생명력, 신선한 기운 등으로 채우고 있다. 미국 서정시인 티즈데일(Sara Teasdale)이 말한 "서정은 과거의 회귀로부터 현실로, 슬픔으로부터 희망이나 생명으로 이끌어내는 그리움이 시적 가치를 높인다.'는 의미를 생각하게 만든다. 여든이 넘은 안도섭 시인은 이런 점에서 역사의식과 시대정신을 한 차원 높인 시 의식을 보이고 있다.

3. 내면적 성찰, 그리고 서정의 합일

큰 시인의 짧지 않은 문학 역정을 내 무딘 감각과 부실한

안목으로 짚다보니 너무나 성기고 데면데면한 관찰이 된 것은 아닌지 걱정이 앞선다. 대양을 헤엄치면서 굵은 해류를 짚기보다는 범상한 해설과 손에 걸리는 것의 나열에 그치고 있는지 모르겠다. 특히 안도섭 시인의 내면적 성찰과 통찰, 그리고 서정과의 합일은 이 시집의 가장 큰 부분을 차지하고 있기에 더 더욱 그런 느낌을 지울 수 없다. 그래도 평자의 의무를 다하기 위해 그의 문학적 가치를 정확하게 논하려는 게 바람직한 태도라 여겨 내면적 성찰의 관점에 대하여 피력하고자 한다.

자아의 본질이 다름 아닌 애처로운 생명에 지나지 않음을 발견한 것은 안도섭 시인의 시가 또 다른 차원으로 나아가게 하는 바람을 이룬다. 이것은 내부의 피나는 번뇌와 싸움을 통해 얻어진 것이기에 더없이 귀중한 체험이다. 싸움에서 이기고 얻은 경계에서 그가 발견한 것은 새로운 생명과 희망의 힘이다. 누구도 대신할 수 없었던 외길 고독의 자리에서 그는 새로운 삶의 지평을 열어 나간다.

시가 안 되어
밤새 쓰다간 지우고
내팽개치곤 하지만

요람서 무덤까진
눈 깜박할 사이

누구나
그 길 가고 있으니

내딛는 한 발 한 발은
다신 못 오는
길

샛별 우러르면
찻잔에 고이는 다향茶香

말 한 마디 줄여 사네
　　　　　　　—「시인의 길」 전문

　여기서 '내딛는 한 발 한 발은/다신 못 오는/길'과 '말 한
마디 줄여 사네'는 어찌 보면 같은 맥락인 것 같지만, 실은
대조적 이미지이다. 그에게서 전자는 이제껏 실체를 이루어
왔다고 믿었던 것들이다. 자신의 내면에 깊숙이 자리한 설
움과 분노, 사랑과 미움이 자신의 본모습을 가리고 있었던
것이다. 따라서 후자란 자신의 내면을 이루고 있었던 것들
그리고 그 대상조차 다 태워버리고 새로운 삶을 맞이하는
의지의 표현이 된다.
　이러한 시적 자아의 모습은 인위적인 자기 변신의 결과
로 여겨지지 않는다. 이런 단계에 이르기까지 그는 모순된

내면에 대한 탐색을 계속해 왔던 것이다. 힘들고 고통스러운, 애증과 고독, 절망과 희망, 그리고 힘들었던 내면……. 이 모두는 자신의 숨길 수 없는 모습이었다. 다시 한번 강조할 것은 이런 불완전한 자아가 자신의 참모습이 아니었다는 자각과 깨달음을 얻었다는 사실이다. 이런 깨우침은 우연히 얻어진 게 아니다. 끊임없는 수행의 과정을 통해 체험으로 육화된 것이다. 더욱이 이런 고통을 통한 존재 전환의 역동성은 「빗길」, 「책 속에는」 등에 극명하게 드러나 있다. 자아의 참모습을 본다는 것은 지금까지 구성해왔던 근거를 비우는 데서 시작된 게다. 「호수」에서 드러나 있듯이, 부질없는 욕심-사회의 부조리에 대한 원망, 역사의 시대적 아픔에 대한 분노, 글쟁이로서의 좋은 글을 쓰고자 하는 욕구 등 자신을 괴롭혀 왔던 것들을 내려놓은 것이다. 그의 시에는 은둔이나 회피가 아니라 자아에 대한 진정한 성찰이 담겨져 있다.

사랑의 이름은
아지랑이처럼 가물거리고

사랑의 손길은
썰물처럼 달아나 버린다

달이 떠오르듯
신비롭고

화산처럼 속으로 넘쳐날 때

사랑의 새끼손은
장미 가시 찔린
상처 난 자국이 밉지 않고

사랑의 눈물은
풀잎 이슬
그 일곱 빛 무지개로 아롱지는가
　　　　　　　—「사랑이란 이름」 전문

　위의 시는 정신적인 한 경계를 보여주는 것들이다. 사랑
의 이름은 '아지랑이처럼 가물거리고', '썰물처럼 달아나 버
린다'고 한다. 그러나 '달이 떠오르듯/신비롭고'해서 사랑은
'상처 난 자국이 밉지 않고', '그 일곱 빛 무지개'인 것이다.
이 역시 자아의 깨달음과 연관된다. 즉 깨닫는 순간 지금까
지의 자신이 허상에 지나지 않음을 알아차린다. 사랑이란
허무하고 덧없고 상처가 되는 것이며, 이로 인해 연민과 절
망, 그리고 지금까지 겪었던 아픈 기억들을 지운다. 자아란
무엇인가. 모든 나뭇잎이 다 떨어져 버린 메마른 나무요, 그
그림자일 뿐이다. 따라서 '상처가 밉지 않고', '일곱 빛 무지
개'가 될 수 있는 것은 삶과 죽음, 이별과 만남, 사랑과 불
신, 한과 사랑이 함께 어우러져 공존과 화해의 세계임을 노
래할 수 있는 마음의 여유가 생겼기 때문이다. 철저한 자기

성찰로부터 비롯되는 시작도 원숙한 경지에 이르고 있다.

　이로부터 시적 자아는 '나'와 '남', '나'와 '사물' 사이의
경계를 뛰어넘어 모든 생명을 지닌 존재들에게로 공감을
확산시킨다.

　눈 내리면
　너와 나
　아무도 가지 않는 눈길을 간다

　자작나무 숲에 들면
　흰 몸 드러낸 나무들은
　머리 끝 아스라이
　하늘 높은 줄 모르고 빼곡히 서 있다

　신기한 눈 나라
　어릴 적 동화책에서 본 누리
　이다지 끼끗한 것이냐

　너와 나 아무 말 없어도
　눈과 눈 마주하고
　눈 내리는 하늘과도 소통을 하지

　이 설원에 빛은 내리지 않으나
　눈 내리는 처녀지는
　번뇌마저 가신 원시림

빛과 밝음을 절로 내며
자작나무 숲은 실가지 얽히어

친구야, 벗이야
우정과 사랑을 눈꽃으로 피운다

(중략)

아무도 밟지 않은 숫눈길,
한 발 내디딜 적마다
뽀드득, 개구리 울음소리 귀에 선하다
　　　　　　　—「자작나무 숲길」 전문

　위의 시에서 볼 수 있는 것은 나와 사물과의 교감이다. 시적 자아는 철저히 어우러짐과 공존의 세계를 이룬다. '눈 내리면'의 모습에서 '너와 나', '우정과 사랑'의 어우러짐이 '자작나무 숲길'과 일치한다. 눈 내리는 자작나무 숲길을 너와 나 함께 걷는 장면을 상상해보라. 설원의 자작나무가 갖는 생명과 인내, 그리고 너와 나의 어우러짐으로 이어지는 자아 성찰 및 관조적 세계가 돋보인다.

　이런 점에서 시적 자아와 사물 사이의 교감은 새로운 존재에 대한 축복이며, 동시에 일체가 되어 느끼는 생명의 충일감이다. 그 속에서 움트는 모든 것이 생명의 현현이고 나

역시 그 생명의 하나이고 그렇기에 내가 아님이 없는 것이다. 곧 허상이 아닌 실체적 자아를 발견함으로써 동참의 즐거움이 배가 되는 것이다.

4. 장시長詩, 서사적 필력의 표상

서정 시인은 사적인 감정의 주관적 표현을 통해서 한 개인의 내밀한 세계를 묘사하고, 그 세계를 달콤하고 부드러운 분위기로 채색시켜 놓게 된다. 서정시의 화자는 독특한 '나'이며, 고백과 독백의 언어를 전달하는 주체자가 된다. 서정 시인은 인간의 감정 표현이라는 근본적인 욕망을 만족시켜 주는 시인이기도 하고, 그 아름다운 형식을 통해서 우리 인간들의 영혼을 정화시켜 주는 시인이기도 하다. 서사 시인은 보편적이고도 객관적인 언어 그리고 장중한 문체와 깊이 있는 이야기를 통해서 국가, 민족, 또는 인류의 운명과 직결될 수 있는 위대한 영웅의 세계를 창조해 놓는다. 서사시는 어느 특정한 민족 집단이 위대한 지도자의 영도 아래 외부의 적을 물리치고 국가를 형성하던 시기의 이야기이며, 그리스의 「일리아드」와 「오디세우스」, 프랑스의 「롤랑의 노래」, 독일의 「니벨룽겐의 노래」, 인도의 「마하바라타」 등이 그것에 해당한다. 서사시는 웅대한 사건과 함께,

그 사건이 벌어지는 무대 배경도 광대하고, 그 주인공의 출신 성분이나 타고난 능력도 대단히 뛰어나고 비범하며, 그의 영웅적인 행위는 인간의 차원을 넘어서 신적인 차원으로까지 수직 상승하게 된다.

안도섭 시인은 엄밀하게 말해서 서정 시인이지, 서사 시인은 아니다. 그러나 그가 일찍이 서사시집『황토현의 횃불』을 시작으로, 그 개정판『새야 녹두새야』를 출간한 바 있다. 평론가 신규호는 작품해설에서 "안도섭 시인의 대하서사시집『새야 녹두새야』는 내용과 구성 면에서 신동엽의『금강』(1989)을 뛰어넘는 수준이다."라고 평한 바 있다. 그렇다. 그는 제2탄으로 전4권에 이르는『아, 삼팔선』이라는 장중하고 울림의 큰 서사시를 시도해 온 서정 시인으로서, 이성부 시인과 함께 서사적 서정 시인으로 자리매김 하고 있다.

그는 탁월한 서정시의 시적 감각과 서사적 장대한 기치를 어울림의 노래로 승화시킨다. 이 시집의「정어리의 원형무도」,「어머니의 강」,「은박지 그림」은 그의 시적 능력이 발화되어 장시의 묘미를 더해준다. 마치 한 편의 서사시를 읽는 듯한 장엄함과 서정시에서 느끼는 아름다운 형식이 색다른 맛을 느끼게 한다. 그러고 보면 우당은 글을 쓰는 탁월한 능력의 소유자인 것만은 틀림없다.

죽음길 마다 않고
거친 바다 격랑 속 헤치고

그 인연 뭐길래
윤회의 수레바퀴처럼
어머니의 강 찾아오는 연어 떼

천적 만나면
물린 핏자국도 아린데
되돌아온 강 모래에 알을 슬어
이 생 다하는 물고기

영험의 눈짓이런가
씨받이 사랑 못 잊어 못 잊어

연어 내달리는 검푸른 바다
큰 해일 일고……
굵은 우레 소리 울고……
　　　　　—「어머니의 강」 중에서

　안도섭 시인은 '죽음길 마다 않고/거친 바다 격랑 속 헤
치고', '어머니의 강 찾아오는 연어 떼'에서처럼, '연어'에
대한 서정적 묘사를 통하여 공동체 연대의식으로 자연스럽
게 승화시키고, '천적 만나면/물린 핏자국도 아린데/되돌아
온 강 모래에 알을 슬어/이 생 다하는 물고기'를 통해 이타
적인 사랑을 실천하는 자의 헌신을 노래한다. '연어'를 의인
화하여 마치 위대한 비극의 주인공, 아니, 위대한 서사시의

주인공은 개인의 자유를 위해서는 자기 자신의 존재론적 근거(공동체 사회)마저도 부정하고, 살신성인의 이타적인 사랑을 위해서는 자기 자신의 생명마저도 희생할 줄 안다. 이는 안도섭 시인의 공동체 의식과 맞닿아 있다. 이를테면 공동체 의식에서 출발하여 또다시 개인의 자유에 다다른다. 그의 시 세계는 원형적이면서도 순환적이고, 개인과 사회의 대립 관계를 넘어서서 하나의 경이처럼 펼쳐진다.

광복동 찻집엔
터줏대감 조향을 비롯하여
양키처럼 키 큰 양병식, 멋 부리는 박인환,
'나비의 광장' 서성이던 김규동,
거제도 탈출해 더욱 황소 눈 된 김수영

이 회색 연대엔
수용소 생활에도 아랑곳없이
그림에 열정 쏟아붓던 뚝심의 예술혼

그는 삼다도 간 후
아내와 두 아들 일본 보낼 적에
부두 서서 손수건 흔들었지

— 이 아픔 떨치고 …… 연락선아, 안녕!
　　　　　— 「은박지 그림」 중에서

안도섭 시인은 양병식, 박인환, 김규동, 김수영 시인의 예술을 사랑하게 된 것을 "스스로 몸을 던져 자유를 움켜쥔" 것으로 간접 표현하고, 다른 한편 그것을 "아내와 두 아들 일본에 보낼 적에"라는 시구로 '스스로 몸을 던져 자유의 그물에 갇힌' 것으로 간접 표현한다. 예술에 빠져 예술을 사랑하게 된 것은 자유이지만, 그 자유에는 제멋대로의 방종이나 타락이 아닌, 자유의 이행이라는 책임이 따르게 된다. 자유의 책임은 의무도 아니고, 강요도 아니며, 자발적인 어떤 것이다. 그는 자유의 깃발을 나부끼며 자유의 고지 위에서 자기 자신을 꼼꼼히 되돌아보고 "평등의 넉넉한 들판"을 좀 더 개관적이고 분명하게 성찰해 본다. 진정으로 자유를 사랑할 줄 아는 자는 도덕, 법, 제도, 질서, 예의범절 등을 부정하고, 진정으로 공동체 사회를 사랑할 줄 아는 자는 자기 자신의 유한한 생명마저도 희생할 줄 안다. 그는 자유의 그물에 갇힌 자의 행복을 노래하면서 좀 더 낮은 곳으로, 낮은 곳으로 그의 발걸음을 옮기고 있는 것처럼 보인다. 그는 개인의 자유에 스스로의 책임을 부여하고 자발적인 사회성을 다져 넣는 것이다. 그가 이들 시를 통해 서사적 울림을 가져오기 위해 노력한 흔적이 엿보인다. 이는 독자들에게 더 큰 울림으로 다가가기 위함이라 생각된다. 여든이 넘은 그의 창작활동에 대한 열정, 그리고 서정시와 서사시를 넘나들며 주옥같은 시를 쓴다는 점에 대해 평론가이기 이전에 한 작가로서 깊은 경의를 표한다.

5. 맺음말

나는 요즈음 며칠 행복한 시간을 보냈다. 오랜만에 주옥같은 작품을 접할 수 있어서다. 세상의 소용돌이에 너무 바빠 살다보니 제대로 된 시 한 편 읽을 시간도 없이 지냈다. 그동안 시에 소홀했던 허전함이 목젖까지 차올랐는데 이 시집을 통해 해갈되었다. 오월의 신록처럼 생명력 있고 보석처럼 빛나는 시들이었다. 해설에 앞서 내 영혼을 살쪄어 준 안도섭 시인께 깊은 감사를 드린다. 주옥같은 시편들에 대하여 평자의 무딘 감각이 제대로 된 해설을 하였는지 걱정이 앞선다. 이 시집을 해설함에 있어 끝을 맺어야 할 의무가 있기에 마무리를 하고자 한다.

우선 안도섭 시인이 걸어온 길은 끊임없는 파괴와 생성의 드라마틱한 여정이었다고 할 수 있겠다. 모더니즘에서 동양적 사유와 전통 서정으로, 다시 서정적 리리시즘을 거쳐 비판적 모더니즘으로, 그리고 이제 '인간'을 간직한 관조적 시 세계에 이르기까지 안도섭 시인은 마치 시 쓰기 작업을 통해 한국 현대시의 주제적 고찰을 수행해 온 듯하다. 다양한 시적 변모 가운데에서도 그는 언제나 존재와 삶의 본질을 염두에 두고 시를 써 왔다. 그래서 그의 시에는 늘 시대정신이 맞물려 있음을 알 수 있었다. 그래서인지 안도섭 시인을 혹자는 김수영, 신경림, 박노해 시인들과 함께 민족 시인 또는 민중 시인이라고 부르기도 한다. 틀린 말은 아니다. 그의 80년대 작품들은 저항과 사회적 비판으로 채워져 있고, 그런 활동으로 감옥 생활도 해야 하는 불운한 시절이 있었다. 또 대하서사시집 등을 통해 공동체 의식에 촛불을 붙이는 데도 앞장섰다. 안도섭 시인은 이번 시집의 후기에서 "격동의 역사 속에서 나를 지탱해 준 것은 시가 아니었는가 생각한다. 나의 구원자요 심리치료사였다."라고 말하였다. 어느덧 여든 고개를 넘는 시인으로서는 많은 생각들이 뇌리를 스치고 지날 법하다. 오로지 시를 쓰고 작품 활동을 천직으로 삼아 외길을 걸어오셨기 때문이다.

이 시집은 그동안의 작품들에서 볼 수 없는 원숙미와 내면적 성찰, 그리고 인간으로의 회귀 등이 눈에 띈다. 특히 시의 문체가 간결하고 부드러워졌다. 서정이 짙게 묻어나는 대표적 시로 「자작나무 숲길」, 「여든에」, 「빈 항아리」, 「김규동 시인」 등을 들 수 있다. 또 그의 역사적 시대정신을 반영한 시편들로 「철마는 가자 우는데」, 「기러기」, 「강남 제비」, 「한 핏줄의 노래」 등이 있다. 8부에서는 서사적 장엄함이 묻어나는 장시長詩 「정어리의 원형무도」, 「어머니의 강」, 「은박지 그림」 등도 풍성함을 보태고 있다.

안도섭 시인의 시는 존재의 본질과 그 숙명적인 고독에 관해 탐구하려는, 즉 인간의 원상原狀을 복원하려는 순수한 의지와 철학적 사유를 내장하고 있다. 그러면서도 섬세한 감각과 서정적인 성향을 바탕으로 미학적인 측면에서 안정적인 수준을 성취하고 있다. 이 시집은 여든의 고개를 넘긴 노시인의 원숙미와 시적 구도가 잘 묻어난 시편들로 가득 채워져 있다. 왕성한 창작 활동과 열정에 큰 박수를 보내드리며, 이 시집이 한국 문단에 큰 족적과 함께 푸짐함을 보태리라 믿어 의심치 않는다. 앞으로도 건강하시어 한국 문단에 주옥같은 작품들을 많이 남기시길 바란다. 안도섭 시인의 열여섯 번째 시집 「자작나무 숲길」의 출간을 진심으로 축원하며 해설을 맺는다.

시집을 엮으며

시심을 오롯이 지니며 산다는 것이 쉬운 일만은 아닌 것 같다. 평생 시 쓰는 일에 골몰하면서 산다는 것이 숙명처럼 여겨지기도 한다.

이렇게 써내는 시편들이 마음에 차지 않아 손이 자주 가는 것은 안고수비 탓일까.

한 편의 시가 완성되기까지는 시적 모티프를 얻는 데서부터 상상의 힘을 얻지 않으면 안 된다. 한 시인에게 작품의 뿌리는 하나지만, 개개의 작품들은 전혀 다른 주제와 소재를 다루게 되므로 상상력이 뒤따르게 되고 각기 다른 이미지의 형상화가 이루어져야 한다.

그래서 한 편의 시는 스스로의 생명력을 얻게 되는 것이다.

나는 5, 6년 전 시 쓰는 일을 잠시 늦추고, 소설 집필에 전념했었다. 하여 서너 권의 장편을 펴내기도 하였다. 그러던 중 다시 시의 품으로 돌아와 기백 편의 시를 다시 손보기 시작한 것이다.

시에 대한 사랑과 집념은 나를 사로잡고, 작품과 단판 씨름을 멈추지 않은 것이다. 시의 마력은 무엇에 비길 수 있을까.

어느덧 여든 고개를 넘으니 많은 생각들이 뇌리를 스치고 지나간다.

주제별로 시편들을 골라 이번 시집은『자작나무 숲길』로 제명을 붙여 보았다. 열여섯 번째 시집이다.

1958년에 등단한 이후 나의 시는 사회의 모순에 대한 저항과 리리시즘의 율조를 잃지 않으려 딴엔 애써왔다.

우리가 겪은 시대적 상황은 비극적이었다. 해방 후의 정치적 혼란과 4·19, 5·16 등 군사정권시대의 터널을 지나 민주화시대를 맞기까지 격랑의 시대를 살아온 것이다.

이 같은 상황 속에서 나를 지탱해 준 것은 시가 아니었나 싶다. 시는 나의 구원자요 심리치료사였다.

시는 단순한 감정의 분출이나 무절제한 언어의 남발이 아니라 절제된 언어, 함축미를 지닌 메타포의 구사가 이루어질 때 비로소 시의 매력을 보여주는 것이 아닌가 한다.

이 시집에는 백여 편이 넘는 시편들과「정어리의 원형무도」,「어머니의 강」,「은박지 그림」등 세 편의 연작시를 제8부에 선보였다. 이러한 연작시, 나아가서 서사시에 대한 시인들의 창작도 활발했으면 한다.

　이번 『자작나무 숲길』을 알뜰한 시집으로 펴내주신 글누림출판사 최종숙 사장님과 편집부 여러분께 감사드리며, 해설을 써주신 김희수 교수에게도 고마운 뜻을 전한다.

2014. 6.

안도섭

| 수상 및 작품 연보

전남도문화상(시부・1959)

1958년『조선일보』, 『평화신문』 신춘문예로 등단

한글문학상 본상수상(1994)

탐미문학상 대상수상(1997)

허균문학상 대상수상(1999)

雪松문학상 대상수상(1999)

한민족문학상 대상수상(2001)

한국글사랑문학상 대상수상(2009) 외

▶ 시집

『地圖속의 눈』(1959)

『풀잎序章』(1984)

『하늘을 아는 사철나무』(1986)

『어느 火刑日』(1987)

『사랑을 말하라면』(1988)

『일억의 눈동자와 사랑을 위한 百의 노래』(1989)

『살아있다는 기적』(1990)

『내 얼굴 벌거벗은 혼』(1991)

『나무나무와 분홍꽃 아카시아는』(1991)

『아침의 꽃수레 타고』(1994)

『지리산은 살아있다』(1999)

서사시집『새야 녹두새야』(개정판 2002, 우수문학도서)

『돌에도 꽃이 핀다 했으니』(2004)

『파고다의 비둘기와 색소폰』(2009)

대하서사시집『아, 삼팔선』(전4권)(2007) 외

▶ **에세이**

『한 잔의 찻잔에 별을 띄우고』(1986)

『책과 어떻게 친구가 될까』(1993)(우수문학도서)

『스푼 한 숟갈의 행복』(1993)

『문장작법 101법칙』(1995)

『윤동주 평전』(2006)

▶ **소설**

장편『한씨一家의 사람들』(1983)

콩트집『암수의 축제』(1985)

장편소설『녹두』(전3권)(1988)

창작집『방황의 끝』(1996)

역사소설『김시습』(1998)

장편소설『개성 아씨』(2010)

소설집『청춘의 수첩』(2010)

장편 실명소설『명동 시대』(2011 문화체육관광부 우수교양 도서 선정)

장편소설『한 여자』(2012) 외 다수

안도섭

1933년에 태어나 조선대 국문과에서 수학했다.

1958년『조선일보』신춘문예에 시「不毛地」가,『평화신문』신춘문예에 시「해당화」가 각각 당선되어 문단에 등단하였다. 이후「연가」,「거울」,「우리 더욱 사랑을 위해」등 시대적 애상을 서정적으로 읊은 시편들을 발표했다. 1959년 전봉건과 함께 사화집『신풍토』를 주재했으며, 이듬해 시집『地圖속의 눈』을 발간하여 제6회 전라남도문화상을 수상했다.

시집으로는『地圖속의 눈』(1959),『풀잎序章』(1984),『하늘을 아는 사철나무』(1986),『어느 火刑日』(1987),『사랑을 말하라면』(1988),『일억의 눈동자와 사랑을 위한 百의 노래』(1989),『살아있다는 기적』(1990),『내 얼굴 벌거벗은 혼』(1991),『나무나무와 분홍꽃 아카시아는』(1991),『아침의 꽃수레 타고』(1994),『지리산은 살아있다』(1999), 서사시집『새야 녹두새야』(개정판 2002, 우수문학도서),『돌에도 꽃이 핀다 했으니』(2004),『파고다의 비둘기와 색소폰』(2009), 대하서사시집『아, 삼팔선』(전4권)(2007) 등이 있다.

에세이로는『한 잔의 찻잔에 별을 띄우고』,『책과 어떻게 친구가 될까』,『스푼 한 숟갈의 행복』,『문장작법 101법칙』,『윤동주 평전』이 있다.

한편 소설에도 관심을 기울여 장편『한씨 一家의 사람들』, 콩트집『암수의 축제』, 장편소설『녹두』, 창작집『방황의 끝』, 역사소설『김시습』, 장편『개성아씨』, 소설집『청춘의 수첩』, 실명소설『명동 시대』, 장편소설『한 여자』등이 있다.

한글문학상, 탐미문학상, 허균문학상, 雪松문학상, 한민족문학상, 한국글 사랑문학상을 수상했으며 계간『문학 21』의 발행인과 한국문인협회 고문을 맡고 있다.

안도섭 시집
자작나무 숲길

초판 1쇄 발행 2014년 7월 7일

지 은 이 안도섭

펴 낸 이 최종숙
펴 낸 곳 글누림출판사

책임편집 이태곤
편   집 권분옥 이소희 박선주 이양이 박주희
디 자 인 안혜진 이홍주
마 케 팅 박태훈 안현진
관   리 이덕성

주 소 서울시 서초구 동광로46길 6-6(반포4동 577-25) 문창빌딩 2층(우137-807)
전 화 02-3409-2055(대표), 2058(영업), 2060(편집)
팩 스 02-3409-2059
전자메일 nurim3888@hanmail.net
홈페이지 www.geulnurim.co.kr
등록번호 제303-2005-000038호(2005.10.5)

정 가 10,000원
ISBN 978-89-6327-263-4 03810

출력/인쇄 · 성환C&P 제책 · 동신제책사 용지 · 에스에이치페이퍼

* 이 도서의 국립중앙도서관 출판시도서목록(CIP)은 서지정보유통지원시스템 홈페이지(http://seoji.nl.go.kr)
  와 국가자료공동목록시스템(http://www.nl.go.kr/kolisnet)에서 이용하실 수 있습니다.
  (CIP제어번호: CIP2014019390)